LIGHT

———— 6 ————

라 이 트 에 디 션

글 네온비 그림 캐러멜

중앙books

사이가 안 좋은 저스틴과 찬희.

이 자리가 서먹하기만 하다.

뭡니까 불러놓고.

….

찬희는 과연 무슨 말이 하고 싶은 걸까.

ㅋㅇ…

저스틴.

이 사기꾼아. 니가 그렇게 GX를 잘해?

아니??!! 갑자기 시간 내달라더니 무슨 뜬금없는 소립니까!

미치셨나.

넌 적당히 되는 대로 가르치는 사기꾼이야.

전 적당히 가르친 적 없습니다. 한 번도.

최대한 희망적인 결과를 얘기하는 거죠.

한 번도 제대로 현실을 말해준 적이 없잖아!

근데 왜 회원들은 너만 신뢰하는 거지?

…!

호오….

지금 나한테 조언을 구하려는 건가…?

서 코치 자존심에…?

처음 사무실에서 내가 했던 말 기억해요? GX와 PT의 차이.

알아. 그건 나도.

이거 재미있군 …!

알면 뭐합니까.

서 코치님은 GX 수업을 하는 이유가 뭐라고 생각하시죠?

회원분들은 PT와 같은 효과를 얻기 위해서 GX를 하는 게 아닙니다.

지금 하는 운동이 어디에 좋은지 일일이 설명해 봤자 좋아하지 않아요.

그보다 중요한 건 '함께 하는 분위기'란 말입니다.

과정이야 어쨌든 일단 몸을 움직이게 만드는 게 중요합니다.

자세한 정보는 그 다음 문제에요.

찬희 씨는 운동을 시키기도 전에 너무 많이 걸러내잖아요. 아닙니까?

….

….
트레이너는 정확한 현실을 알려줄 의무가 있어.

솔직히 네가 하는 말은 다 사기잖아!

사기요? 그걸 왜 사기라고 생각하시죠??

아프지 않게 주사를 놔 달라고요?

바늘이 피부를 뚫고 들어와야 하는데 무슨 수로 안 아프게 주사를 놓습니까?

하나도 안 아파요. 금방 끝나요.

아아.

과연 어느 의사가 환자에게 도움이 될까요?

으윽….

하나하나 원리랑 진실을 알려주는 거? 초보자에게요?

정확한 정보는 운동 초보자를 혼란스럽게 할 뿐이에요.

운동에 관심없던 회원이 운동을 시작할 수 있게 됐다면 그걸로 충분히 된겁니다.

동기부여가 제일 중요하다는 거, 아시겠습니까?

아니, 나쁜 습관은 뿌리부터 바로잡는 게 더 중요해. 재미가 없어도 그건 어쩔 수가 없어!

4

찬희 씨는 앞으로 맡게 될 수많은 회원 전부의 습관을 뜯어고칠 겁니까? 그런 게 가능할 것 같아요?

회원들을 가르칠 수 있는 시간은 어차피 한정돼 있어요.

그 한정된 시간 동안 최대치의 결과를 뽑아내야 하죠.

천천히 살을 빼도 불평 한마디 하지 않는 회원은 정말 흔치 않아요.

꿀 꿀 꿀

서 코치님은 운이 아주 좋은 겁니다.

제가 신수지 씨를 맡았다면 3~4개월 안에 완전히 감량시켰을 거에요.

캉

빨리 빼는 건 좋은 게 아니야!

식단이 잠시라도 무너지게 되면 요요가 와버린다고!

엄격한 식단을 지키지 못하는 사람은 그만큼 절실하지가 않기 때문입니다.

절실하면 다 알아서 유지합니다.

그러니까 혼자서도 알아서 할 수 있도록 끝까지 옆에서 도와줘야지!

우리가 그런 것까지 책임져 줄 순 없어요.

찬희 씨는 그럼 모든 회원님과 몇 년씩 합숙해가며 전부 가르칠 생각입니까?

트레이너는 빠른 감량을 안전하게만 하면 됩니다!!

으으으
…!!

벌컥

한 마디도
안 지네,
이자식!!

…그래서…!
넌 말만 번드르르하지,
헬스장에서 어떤
성과를 냈어!?

우리 수지는
얼마나 잘하고
있는데!

난 무조건 너보다
좋은 트레이너다!

때

때

시비 거는 거면
그만두시죠.

회원들이
저만
좋아하니까
질투하는
겁니까?

그리고 왜 자꾸
반말이에요.
싸가지 없이.

억울하면 너도
반말해!
동갑이잖아!

같이 격이
떨어지는 것 같아서
싫군요.

그렇게 격이 높은 사람이
송참새 회원에게
즐기차게 PT를
거절당하고 있네?

….

후욱

후욱

후욱

후욱

…송참새 회원은….

원더걸스 소희 닮았습니다.

살 빠지면요.

고도비만인 회원들을 많이 가르치다 보면….

보입니다. 살 속에 갇힌 진짜 모습이.

전 누구보다 빨리 참새 양을 살 안에서 꺼내주고 싶은 겁니다.

서찬희 코치. 당신처럼 천천히 가르친다면

참새 양은 학창시절 내내 고도비만인 상태로 살아야 해요.

그 상태로 학창시절의 추억과 졸업사진이 남겠죠.

나중에 살이 빠지더라도 지나간 인생은 누가 보상해주죠?

너 어차피 참새가 PT 안 받을 걸 아니까 되는 대로 말하는 거지?

그런 말은 누구나 할 수 있어.

…제가 지금까지 성공시킨 회원님 사진첩이 몇 권이나 되는 줄 아십니까?

몰라!!

지난 사진은 못 믿어! 합성이지, 합성!

포토샵으로 조작한 거지!

과도한 알콜섭취는 판단력을 흐리게 한다.

하!! 참!! 역시 이런 멍청이랑 말을 섞는 게 아니었어!

!!

전 이만 가겠습니다!

멍청이?? 사기꾼 주제에 도망치지 마!!

도망 이라뇨!!

7

꼭 돈을 받아야만 PT를 해줄 수 있는 건 아니잖아?

참새를 꺼내주고 싶다면 그냥 해주라고!

그래서 실력을 증명해 봐!! 그럼 될 거 아니야!?

….

전 프로입니다. 자원봉사자가 아니라고요.

돈 떼먹고 날랐다가 붙잡혀서 두들겨 맞고 어영부영 살 빼주는 걸로 퉁치려는 당신과는 다릅니다.

너 이 자식…. 지나간 얘기는 그만둬!

뭐야, 그러고 보니 사기꾼한테 사기꾼 소리를 듣고 있잖아? 어이가 없네.

그만해!

사기꾼!

그만하라니까!

사기….

툭탁 툭탁

이 자식!!

POWER 지각.

다 큰 어른들이
싸우고 늦고.

죄송합니다.
관장님···.

죄송요.

찬희 때문에
난생 처음
지각이란 걸
해 본 저스틴.

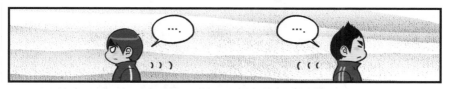

···.

···.

···.

어…?

어…?

척

척

척

척

척

….

…네?!

PT를
무료로
해주신다고요?

네. 참새
회원님이
허락만
하신다면.

저야 좋긴 한데
왜 갑자기….

정말
무료인가요…?

우수회원
특별 이벤트
같은 겁니다.

다른
회원님들에겐
비밀로
해주세요.

네.
알겠습니다.

소근
소근

….

서찬희 코치.
똑똑히 보세요.

진정한 프로의
실력을…!

반은 오기, 반은 열정으로
참새의 무료 PT를 자처한 저스틴.

이후로 참새의 인생은
큰 전환점을 맞게 된다.

1. 심리를 이용한 다이어트 방법 下

— 〈다이어터 라이트 에디션〉 5권 152쪽에 이어서

10분만 기다려보자

식사 시간 외 야식을 먹거나, 간식을 먹고 싶을 때 발휘되는 식욕의 힘은 대단합니다. 생각할 틈도 없이 어느 사이 맛난 감자칩을 손에 들고 있는 식입니다. 그렇다고 그때 대단히 배가 고팠을까요? 십중팔구는 그렇게 배가 고프지도 않았고, 엄청나게 먹고 싶었던 음식도 아니었을 겁니다. 다만 배속에 다 털어넣은 후에 후회를 하게 되는 식이죠.

이것은 당연한 반응입니다. 식욕이란 대단한 욕구라서, 의지로 제어하려면 대단한 노력이 필요합니다. 심지어 "이것을 참아보겠어."라는 생각 자체가 반복되면 스트레스로 인해 오히려 폭식을 하기도 합니다.

무조건 먹지 않겠다는 생각은 뒤로 미루고, 약간은 접근 방식을 바꿔보세요. "10분만 기다려보지. 그래도 진짜로 배가 고프면 이걸 먹겠어."라고 생각을 해보세요. 그리고 손목시계나 타이머를 이용해서 시간을 잰 후에 다시 판단을 해보는 겁니다., 이왕이면 위의 문구를 소리 내서 말해보는 것도 좋습니다. 어떤 때는 배고픔이 계속될 때도 있겠지만, 대부분은 식욕이 사라져 있습니다. 사람의 식욕은 매우 변덕스러운 욕구입니다. 만약 그렇게 해서라도 먹겠다는 생각이 들면 그때 약간 맛만 보도록 합시다. 그렇지만 식단일기는 잊지 말고 쓰도록 하세요.

사람들의 도움을 받자

"야, 네가 뭘 살이 쪘다고 그러니? 참으면 스트레스 받아서 살 더 찐다더라."
〈다이어터〉에서 수없이 나온 대사입니다. 보통 부모님이 이런 말을 많이 하시죠. 어떤 분들은
다이어트 한다는 자식의 의사를 무시하고 음식을 방까지 가져와서 입가에 들이밉니다. 비만은 일종의
가족병에 가깝습니다. 식생활습관을 공유하기 때문에 부모가 비만이면 자식도 비만일 가능성이
크다는 것이죠.

그렇지만 자식들에게 억지로 먹이는 부모가 꼭 몹쓸 짓을 하는 것일까요? 많은 부모님이 다이어트의
필요성이나 건강관리에 무관심합니다. 그런 분들에게
"나 오늘부터 다이어트 할 거야. 나 뭐 먹으라고 하지 마!"
라고 성깔을 부려봤자 부모님은 이해할 수 없습니다. 그저 불효자식을 향한 길에 한 걸음 더 다가갈
뿐입니다. 맛있는 음식을 즐겁게 먹는 게 인생의 낙이라고 여기는 분에게 막연하게 말해봤자 마음에
와 닿지 않습니다. 하지만 언제까지 홀로 다이어트가 가능할까요? 다른 식구는 기름기가 좔좔 흐르는
탕수육을 먹는데 혼자만 다이어트 메뉴를 먹는 게 지속 가능할까요?

부모님이나 동거인이 다이어트에 협력하지 않는 이유는 다이어터 본인의 탓도 큽니다. 다이어트를
선언하면서 비만은 질병이며 건강을 해친다는 이야기를 해보았나요? 혹시 가족이나 동거인의
건강에는 무관심하지 않았나요? 다이어트 환경을 조성하기 위해선 그들의 협력과 이해가
필요합니다. 그러기 위해서는 대화와 설득이 필수적이고요. 건강검진을 권하는 것도 좋은
방법입니다. 최근에는 보건소에서 간단한 건강검진을 무료로 받아볼 수 있습니다.

운동 파트너를 구해보세요. 같이 운동을 하고 계획을 짜면 더 지속적으로 운동을 할 수 있습니다.
의지력은 본인 자신이 아니라 외부에서 오기도 합니다. 트레이너에게 개인 교습을 받을 때는 홀로
운동할 때보다 더 효율이 높습니다. 그들이 전문가인 이유도 큽니다만, 운동을 규칙적으로 할 수 있게
된다는 점도 한몫 하지요. 운동 파트너가 있으면 혼자 할 때보다 규칙적으로 운동할 수 있습니다.

……. …….

으슬 으슬

이상하다….
평소엔 할 만했던
운동들이었는데….

왜 오늘은
10분도
못하겠지…?

너무 힘들어.
몸이 계속
안 좋은 것 같아.

선생님, 요즘
몸이 계속
안 좋아요.

오늘은
그만….

그래…?
왜 그러지?
무리 없이
하고 있는데….

병원에 한번
가 보는 게 좋겠다.

오늘 회사 끝나고
바로 가야겠다….

아야, 그러고 보니
정기검진 받을 때가
됐네요….

비만 때문에 꾸준히
병원에 다니던 수지.

어…?

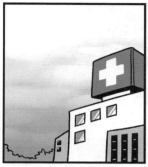

월경 주기가 정상으로 돌아오려는 것 같군요.

네?

너무 비만이거나, 너무 저체중이거나, 스트레스를 받거나, 상태가 좋지 않을 때 흔히 겪는 증상이 불규칙한 월경 주기다.

으으…. 이번 달도 안 했네….

똑같이 운동해도 살이 덜 빠지는 원인이 되기도 한다.

월경 주기가 정상으로 돌아 왔다는 건

몸속 세상이 원활히 돌아간다는 신호탄과도 같은 것이다.

약을 먹거나 병원치료를 받지 않고도…!

내 힘으로 질병 하나를 고친 거야…!!

찌잉

그리고 또 하나, 여기 좋은 소식.

인바디 결과입니다.

수지의 현재 체중은 67.7kg.

이제 수지 씨는 더 이상 비만이 아니에요.

과체중 단계로 넘어오신 거죠.

과체중…!!

유럽 쪽에선 이 정도면 정상 범주의 건강한 몸이라고 봐요. 무리 없이 감량하셔서 그런지, 60kg 초반대로 보이는군요.

부위별 체지방

표준이상   표준이상

몸통
표준
이상

표준이상   표준이상

□표준   ☑과체중
        □비만

□표준   ☑경계
        □복부비만

그럼…. 조금만 더 노력하면 제가 표준 체중도 가능하겠군요?

그럼요.

여러분!! 제가 비만이 아니라, 과체중이래요!!!

월경 주기도 정상이 됐어요!!

…라고 외치고 싶은 수지.

초등학교 때부터 <비만>이란 말을 낙인처럼 쭈욱 달고 다녔던 수지는 <과체중>이란 말이 그렇게 기쁠 수가 없었다.

이 기쁜 소식을 빨리 선생님한테…!!

아, 월경 얘기는 좀 그렇다.

그러고 보니….

옛날처럼 선생님이 엄격히 통제하지 않아도 스스로 잘 하고 있구나…

사기당했던 돈도 그동안 PT 받은 걸로 충분하고.

이제 슬슬 홀로서기를 시작할 때가 아닐까.

어차피 다이어트는 평생 지속하는 생활 습관이고, 선생님도 나도 각자의 길로 걸어가야겠지.

언제까지 서로에게 신세 질 순 없어….

…그래서, 이젠 굳이 합숙하지 않아도 괜찮지…. 않을까요?

….

선생님과는 헬스장에서 보면 되니까….

이게 갑자기 무슨 소리야!!

내가 지금 갈 데가 어딨다고!!

솔직히 요즘
신수지가 잘하고
있는 건 인정해!!

그래,
인정은
하지만
…!!

CASE 1

밖에서 자주
사 먹으면
속이 쓰려요.

그래?

싱겁게 먹는데
익숙해져서
바깥 조미료에
취약해진 수지.

CASE 2

좋아하는 거
먹는 날인데….
남기는 거야?

네.
배가 너무
불러서….

양이 좀
줄었나?

내 입장도 좀
생각해줘야지…!
내가 저스틴한테
니 자랑을 얼마나
했는데…!

지금
나가라면…!

갈 곳이…!!

왜 왔냐?

짐까지 싸들고?

ㅋㅋㅋ
ㅋㅋㅋㅋ
ㅋㅋㅋ!!!

도리

도리 도리

안 돼!!

좋아, 신수지.
물론 지금도 잘
하고 있지만,
자만하지 마라!

표준체중까지
난 널 책임지고
빼줄 의무가
있다고!!

과체중이 된 건
축하하지만
자칫하면 이대로
만족하고
끝일 수도 있어!

물론 니 옷을
허락 없이 판 거나
그런 건…!
잘못했어!!

…네….

갚을게!

수지는
당분간은 더 같이
있자고 생각했다.

딸깍

딸깍

찬희의
슬로우
다이어트
START!!

신수지….

키 163
체중 92

야, 이 자식.
일어나.

일어나라
구!!!

19

오늘은 날씨도 구리고 삭신도 좀 쑤시고, 헬스 안 가고 싶어요~!!

봄은 황사 때문에! 여름은 더워서! 가을은 천고마비! 겨울은 추워서!

맑으면 놀러 가고 싶어서! 흐리면 몸이 쑤셔서! 눈 오면 눈 와서! 비 오면 비 와서! 바람 불면 바람 불어서!!

평일은 피곤하다고!

주말은 쉬어야 해서!

휴일은 남들도 쉬니까! 명절은 명절이니까!!

철썩 철썩 철썩

언제 운동 갈래? 언제 운동갈 거냐고?! 일어나, 이 돼지야! 365일 핑계 만들 시간에 나가!!

아몬드 챙겨 먹는 것만 잘하면 저절로 살이 빠지는 줄 알아?

뻥!

크흑!!

움직여!! 좀 움직이란 말이야!!!

나가!! 일단 바깥에 나가봐!! 나가란 말이야!!

…그랬던 시절이 엊그제 같은데.

후후.

많이 변했구나, 신수지.

이렇게 변해가야 맞는 건데…. 근데 왜 이렇게 기분이 섭섭하지?

나와 신수지는 살을 다 빼는 시점에서 끝이겠지….

그렇겠지, 아마….

저스틴 선생님!

?

저…. 감사드려요. 봐주신다고 해서요.

아닙니다. 대신 제가 이끄는 대로 따라와 주세요.

저는 참새 회원님의 의지를 믿습니다.

…선생님. 고도비만인 사람들은…. 특히 여자는요….

학교를 졸업하고 취직이나 아르바이트를 하려 해도 잘 되질 않는데요.

….

취직이 되지 않는다는 게 어떤 걸 뜻하는지 생각해 본 적이 있는데….

고도비만 여성에게는 최소한의 생존조차도 허용되지 않는 사회….

그런 사회에서 부모에게, 남에게 기대서 살 수밖에 없는 인생의 주인공이 되고 싶지 않아요, 저는…!

그러니까 전….

최선을 다할 거예요!!

21

시…

작!

00:00.0

참새의 첫 수업.

하나, 둘, 셋, 넷….

다섯, 여섯, 일곱, 여덟 ….

체력테스트.

좋아요. 1분 됐습니다.

후아

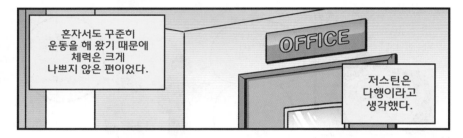

혼자서도 꾸준히 운동을 해 왔기 때문에 체력은 크게 나쁘지 않은 편이었다.

저스틴은 다행이라고 생각했다.

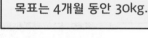

목표는 4개월 동안 30kg.

어… 저… 그렇게 빨리 빼도 괜찮을까요?

한달에 거의 8kg 정도씩 계속 빼야 되는건데…

빨리 뺀다고 무조건 나쁜 게 아닙니다.

현재 회원님의 체중을 생각하면 충분히 가능한 목표예요.

169cm에 67kg…!

현재 97kg인 참새에게는 꿈의 몸무게다.

참새 회원님은 키가 있으니까, 67kg만 되셔도 엄청나게 바뀔 거예요.

보통 키에서 100을 뺀 숫자와 체중이 비슷해지는 순간부터 사람들은 더는 비만으로 인식하지 않아요. 약간 통통한 정도로 보이니까요.

회원님이 만족하는 수준까지 빼시려면 기간이 좀 더 필요하구요.

운동하는 동안은 조금 힘들겠지만 잘 견뎌 주시리라 믿습니다.

그렇다면… 빨리 빼는 운동법은 어떤 게 있죠?

제가 혼자 하던 운동이랑 많이 다른가요?

…….

사실대로 말씀 드리자면.

<빨리 빼는 운동>과 <천천히 빼는 운동>이 칼같이 구분된 건 아니에요.

힘든 운동과 쉬운 운동의 차이죠.

같은 운동을 하더라도 낮은 강도로 적당히 하면 천천히 빠지는 거고,

힘들게 운동하고 철저히 식단을 지키면 빨리 빠집니다.

단순한 겁니다.

귀 기울여 듣는 참새에게는 상냥한 저스틴.

23

누구나 목표는 같습니다.

가는 길도 똑같구요.

보통은 천천히 걸어가지만…

우리는 뛰어가는 겁니다!

<서킷 트레이닝>

근육 성장과 지방 감량 효과를
동시에 얻을 수 있는
다이어트에 적합한 운동.

운동과 운동 사이에 휴식을 두는
웨이트 트레이닝과 달리
여러 운동을 한 세트로 묶어서
쉴 틈을 주지 않는 것이 다르다.

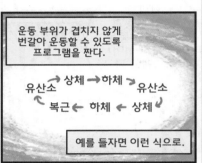

운동 부위가 겹치지 않게
번갈아 운동할 수 있도록
프로그램을 짠다.

유산소 → 상체 → 하체 → 유산소
복근 ← 하체 ← 상체

예를 들자면 이런 식으로.

운동 기구가 없어도
살을 빼는 데 효과적이기 때문에
빡센 다이어트 영상에서
소개되는 운동이기도 하다.

원 모어!!   원 모어!!

으악!!
돌겠네!!   원 모어!!

그만해
망할 놈아!!

효과가 좋은 대신
욕이 절로 나오는
경험을 하게 된다.

난 못해….

그냥 치킨이나
먹어야지….

못하겠어….

으흐흐….

초보자는 본격적인
서킷 트레이닝을
시행할 체력 자체가
없는 경우도 많다.

그렇게
힘든 운동을
매일 하나요?

아뇨.
일주일에
3번, 원하시면
4번 정도만.

쉬는 것도
다이어트에
중요하니까요.

그럼 운동 얘긴
여기까지 하고….

그동안
써오셨다는
식단일기를 좀
볼 수 있을까요?

아, 네!!
여기….

수지의 권유로
식단 일기를
쓰고 있던 참새.

26

저녁 6시 이후로는 아무것도 안 먹었어요.

모두 짠것 아니면 거의 다 탄수화물뿐…

이 터무니없이 적은 저녁식단은 뭐지.

그나마 다행인 것은 학생이기 때문에 일정한 시간에 식사를 한다는 점.

…송참새 회원님. 취침시간은 언제죠?

보통 1시나… 2시쯤인 것 같아요.

보통의 다이어터들 사이에선 저녁 6시 이후로 아무것도 먹지 않는 게 다이어트의 룰처럼 되어 있지만…

그건 밤 10시쯤 자는 사람을 기준으로 했을 때 이야기고요.

송참새 회원님의 경우는 7시간 이상이나 공복 상태를 견딘 다음 자야 한다는 이야기가 돼요.

아….

그 과정에서 야식을 먹거나 폭식을 하게 될 가능성이 크고요.

취침시간을 고려해서 4시간 전까지는 드셔도 상관없어요.

중요한 건 소화를 시키고 자는 거니까.

이 식단일기는 음식의 종류, 양, 비율에 전부 문제가 있어요.

특히 탄수화물이 너무 많군요.

대신 지방은 별로 안 먹는데요….

지방만 피하면 좋은 식단이 될 거라 생각할 수도 있지만 그렇지 않습니다.

츄아이이

탄수화물 여러분!! 언제까지 기다리실 건가요?

이미 몸에서 쓰이지 않은 여러분은 그냥 잉여예요, 잉여!!

그럴바엔 저희 지방군이 되십시오!

이 나라를 주름잡는 지방이 되겠습니까, 아니면 한낱 똥덩어리가 되겠습니까!

뭐, 똥?

똥이 되는 건 싫어!!

나도!!

지방군이 되고 싶으시면 빨리빨리 열차에 타세요.

우르르

이게 마지막 열차니까!!

여기 참새님의 체중과 운동 강도를 고려해서 구성한 최적의 식단입니다.

일주일 단위마다 새로 드릴게요.

몸속에서 쓰이고 남은 탄수화물은 지방이 된다.
지방을 섭취하는 것과 같은 것이다.

운동을 하는 건 하루에 길어야 2시간 남짓이지만 운동을 하지 않는 시간은 20시간이 넘습니다.

그만큼 식단이 중요한 거죠.

네….

살을 빼려면 이런 게 필요하긴 하겠지…!

어디….

저기…

저스틴 선생님.

네?

매 끼니마다 많은 돈을 쓸 수가 없어요.

그리고 시간도요….

파프리카를 곁들인 안심스테이크 150g

연어구이 200g

소고기 콩나물 밥

자몽 1/2

닭가슴살 100g

이 식단은 저에게 무리예요.

!!

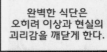

완벽한 식단은 오히려 이상과 현실의 괴리감을 깨닫게 한다.

집이 가난해서 식비에 많은 돈을 쓸 수 없어요.

저녁에 삶은 계란과 토마토를 먹는 것도 그동안 나름 노력한 거고요.

가족들이 인스턴트와 몸에 안 좋은 음식을 자주 먹어요.

학생 입장에서 운동에 빠지지 않고 매일 챙겨 먹기는 너무 힘이 들어요.

시간이 너무 오래 걸려요.

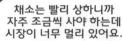

채소는 빨리 상하니까 자주 조금씩 사야 하는데 시장이 너무 멀리 있어요.

집 앞 마트는 너무 비싸고요.

자몽하고 파프리카 대신 다른 거 먹으면 안 되나요….

사실 토마토 만으로도 가격이 부담되거든요.

용돈으로 사는 거라…

그것마저도 저만 먹을 순 없어요.

역시 토마토엔 설탕을 뿌려야 제 맛!

참새가 토마토 사다 놨니?

설탕

호호호

참새야. 다음번엔 설탕 안 뿌릴게.

다이어트 하는 거 깜박했다.

아니…

그런 날엔 기분이 안 좋아요.

저녁 굶고 나가서 운동장 뛰고 줄넘기하면 다 빠져!

그깟 토마토. 먹을 수도 있는 건데.. 머리로는 이해하는데. 속상한 거예요.

열정은 있지만

총체적인 난국…!

가난.

가족들의 잘못된 식습관.

주변환경.

모든 것이 참새의 다이어트를 방해한다.

큰 헬스장으로 오기 전, 부유한 회원들이 많았던 헬스장에서 일한 저스틴.

TRANING CENTER

이대로 지켜주세요.

네.

가는 길에 들러서 사야겠네.

참새는 그들과는 다르다.

현실적인 조건을 무시할 수가 없는 것이다.

31

…좋습니다.
제가 드린 식단표는
그냥 잊어버리세요.

네?

돈이 많아야만
다이어트를
성공할 수
있는 건
아닙니다.

하지만
그만큼의 노력이
더 필요한 건
사실이에요.

참새 양이 앞으로
〈살을 빼는 일〉에 대해
완전히 집중을 할 수
있는지 묻는 겁니다.

네! 집중할 수
있어요!!

…좋습니다,
송참새 회원님.
그럼 이렇게
해보죠.

딩동
딩동

밥은 끼니마다
3분의 2공기만
드세요.

나머지 허기는
물이나 채소류로
채우시고요.

탄수화물의 비율을
줄이셔야 합니다.

양부터
줄여가도록
하죠.

찌개나 국물은
안 돼요.
건더기만 약간
드시는 건 됩니다.

다른 반찬도
최대한
싱겁게 드시고요.

33

새빛은행의 점심시간.

날이 조금씩 따뜻해지자 사람들의 관심은 자연스레 다이어트로 쏠리게 되었다.

매년 반복되는 현상이다.

현미밥 정말 부지런히 싸 다니네!

예전의 수지

수지씨 정말 대단해. 이젠 뒷모습이 예전과 완전 달라.

난 1kg도 못뺐는데…. 그동안 뭐 했지, 으흐흑.

수지의 고도비만 시절부터 쭉 함께했던 직장동료들은 수지가 마치 다이어트의 신처럼 느껴졌다.

모두가 수지를 부러워했다.

하지만.

반찬 리필이요~

와, 새로 오셨나 보다. 진짜 날씬하시네요.

아휴, 아니에요. 전 너무 말라서…

그러게, 정말 부러워요!

원래 살이 안 찌는 체질이라 고민이에요.

우와….

진짜 저런 체질이 있긴 있나 봐.

아, 정말 좋겠다.

평생 뱃살 접히는 기분 같은 거 모르겠지.

원래부터 날씬한 사람이 더 부러운 법.

…

체질

살이 잘 찌는 체질이라서

안 해도 되는 고생을 하는 것 같다.

마치 그런 기분.

정말 살 안 찌는 체질이란 게 있나 봐요.

마른 사람들도 고민이 있겠지만….

저도 그냥 칼로리 고민이나 성분 고민 같은 거 안 하면서 살고 싶어요….

먹고 싶은 걸 다 먹고 사는 삶이 부러워?

….

조금….

그건 마치 지뢰밭을 눈 감고 뛰어가는 것과 같아.

끝까지 안 밟고 지나가는 사람도 물론 있을 수 있어.

하지만 내가 밟지 않으리란 법 없지.

성인병의 원인 대부분은 잘못된 식습관 때문이니까.

그래도 남들보다 부지런해야 하고, 신경쓸 것도 많고 하루가 너무 빡빡해요.

365일 다이어터 니까….

수지야. 단순히 살을 빼는 사람만이 <다이어터>는 아니야.

마르든, 뚱뚱하든, 아프든, 건강해지기 위해 식이조절을 하는 모든 사람이 <다이어터>다.

모두 살아가면서 언젠가는, 어떤 이유든 식이조절을 하게 돼.

그걸 조금 더 일찍 시작한 거지.

안 해도 되는 노력을 하는 게 아니야.

지뢰가 있는 걸 미리 알고 있는 거야.

밟기 전에 조심하니까 좋잖아.

이게 어디서 또 누굴 보고 와서 염병을 하는 거야?!!

사람에 따라!! 열량을 많이 소비하고, 적게 소비하는 차이가 있을 수 있지만!!

노력해서 극복할 수 있어!

운동해! 운동!

핑계 대지 마!

철썩 철썩

이렇게 말할 수도 있는데.

갑자기 상냥해진 찬희.

…고마워요.

오늘따라 정말 상냥하네요.

식사도 다 차려놓고…

설거지도 다 돼 있고….

재활용 쓰레기도 다 비워져 있고….

집에 정말 먼지 한 톨이 없네요.

어…. 응….

다이어트를 성공하기 전까진 절대 쫓겨날 수 없지….

찬희의 집안일은 다시 초심으로 돌아왔다.

물론 아주 잠시뿐이겠지만.

다이어트는 식사와 운동일기를 꼼꼼히 기록할수록 성공 확률이 높다.

MEAL	TIME
바나 2개	
우유 200ml	
현미밥 2/3공기. 두부 1/4모	
나물 .계란찜. 김치조금	

나중에 살이 빠지지 않을 경우에도, 무엇이 원인인지 기록을 되짚어가면서 살펴볼 수 있기 때문이다.

식사인지, 운동인지,

휴식의 부족인지.

식이와 운동 모두를 기록하세요.

일어나는 시간, 자는 시간도 빠트리면 안 됩니다.

그리고 하루를 끝낼 때 느낀 점까지 모두 기록하세요.

기록이 어려우면 핸드폰 카메라로 먹기 전에 음식 사진을 찍으세요.

네.

그리고….

?

집에 디지털 카메라가 있나요?

네.

이건 약간의 충격 요법과도 같은 건데….

혼자 있을 때 본인의 모습을 동영상으로 찍어서 한번 보세요.

아마 낯설게
느껴질 겁니다.

…낯선 정도가
아니구나….
누구냐, 너….

자신의 모습을
다른 사람의 시선으로
지켜보는 경험은
좋은 자극이 된다.

집에서 식사할 땐 식판을
사용하세요.

50%

엄마, 이제부터
난 여기에 먹을게.

그래라.
설거지 줄고
좋겠네.

밥은
3분의 2만…!

그래, 나물은 싱겁게
해달라고 했지?

어때?

…짜!!!

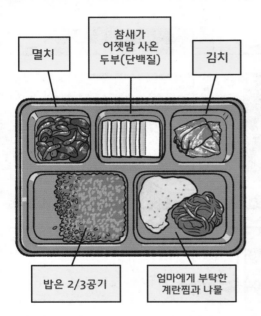

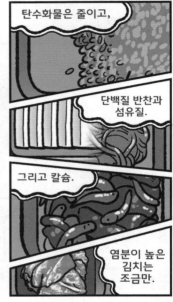

아침엔 학교까지 걸어가세요.

차비 아껴서 그 돈으로 좀 더 좋은 음식을 사 드세요.

콩나물, 두부, 달걀, 바나나, 고구마는 크게 비싼 음식들이 아닙니다.

평소보다 더 부지런해져야 합니다.

PT는 일주일에 3번이나 4번만 하겠지만 식사일기와 걷기 여부는 매일 검사하겠습니다.

헉헉
헉헉
헉헉
헉헉

고지식한 참새는 꾀부리지 않고 부지런히 걸었다.

비 오는 날.

쏴아아

5 — 518 — 6

비가 와도
걷는다!

철벅

투둑

툭

올해 여름에도 검은색 옷,
긴 바지만 입고 싶지 않아.

유중충

내일의 나는
오늘보다 더
예뻐지겠지.

수지 언니한테
받은 옷도 빨리
입고 싶고….

써져아아

300

학교에서 받는
스트레스를
모아오세요.

아~

내일까지
영어단어
100개.

쪽지시험
본다.

공부할 거
너무 많아!

배고파!

흐어어…

더워!
뚱뚱해!!

그 분노를
운동으로
푸는 겁니다
!!!

구어엉어!!!

메디슨 볼을
들고- 없으면
적당한 무게의
아령이나 책도
OK.

상체를 약간
앞으로 숙인다.

물 흐르듯
부드럽게
웨이브를
탄다.

상체를 좌우로
비틀며
제자리 뛰기.

30초 동안 빠르게 반복한다.

엄청난
파이팅…!

쉬는 시간 없이
바로 스쿼트로
들어갑니다.

으
!!!

자 이번엔
버피 30초!

수지도 새로운
운동을
시작했다.

일로와
보렴!

네!

SPORTS

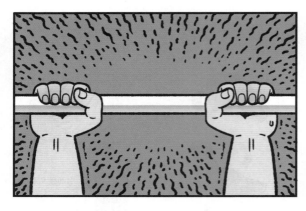

매달리기.

20초 * 3세트.

매달리기는
전신 스트레칭이 되며
정지상태를 유지함으로써
근육을 긴장시켜
운동 효과를 얻는다.

최대한 버틸 수
있을 만큼
버티면 된다.

으으으….
몇 초나
됐나요?

23초!

매달리기!

매달리기!

습관이 되면
어디든
매달리고
싶어진다.

나는 지금 발을 헛디뎌 절벽에 매달려 있다!

난 이제 끝이야···. 힘이 빠지고 있어···!

스스로 만들어낸 극한 상황에 몰입 중.

떨어지면 안 돼!! 놓칠 수 없어.

···

더 운동하고 가시지···.

아뇨···

위이이이

갸름해졌다.

신발도 왠지 커진 것 같아.

꼼지락 꼼지락

그 많던 살들이 대체 어디로 다 사라졌을까?

신기해.

2. 몸무게보다는 체지방과 근육량이 더 중요하다

반복적으로 다루는 내용이지만, 그래도 아직 감이 오지 않는 분이 계시리라 생각됩니다. 아래의 비교 그림을 함께 볼까요.

이 그림은 실제 사진을 대고 그린 것입니다. 이 여성분은 몸무게 57kg을 유지하고 체지방 지수를 19.6%에서 13.5%로 줄였다고 합니다. 체지방을 줄인 만큼 운동으로 근육량을 늘렸고요.

이러한 차이는 근육과 체지방의 비율 차이에서 옵니다. 같은 양의 근육은 체지방보다 1.3배 무겁다고 합니다. 따라서 〈다이어터〉의 독자라면 몸무게보다는 체지방과 근육량을 더 신경을 쓰도록 합시다. 체지방과 근육량을 측정하는 체중계도 비싸지 않습니다. 그보다 간단한 방법은 줄자를 이용해서 허리둘레를 재보는 것입니다. 그것으로 대략의 체지방 지수를 가늠할 수 있습니다.

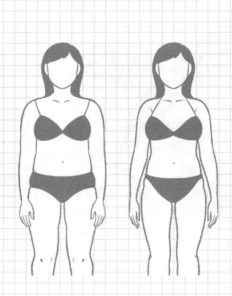

3. 생리와 운동하기 좋은 때

남성들에게 해당하지 않는 부분입니다.
그래도 이성 친구에게 잘난 척하고 싶은 남성분이라면 읽으셔도 좋습니다.

결론부터 말하면, 운동하기 가장 좋은 때는 생리 전 일주일 동안입니다. 그때부터 남성 호르몬인
테스토스테론의 농도가 진해지는데, 이 호르몬은 근육 생성을 촉진합니다. 반면에 생리가 시작되면
여성 호르몬인 에스트로겐이 강해지고 운동효율이 많이 떨어집니다. 운동효율도 문제지만 생리통이
심한 여성도 있고 출혈이 심하면 운동하기 어려울 수도 있습니다. 생리가 끝날 때까지는 무리한
운동을 삼가고 가벼운 유산소 위주로 운동하세요. 아니면 유연성을 증진하는 요가나 필라테스도
좋습니다.

생리통에는 규칙적인 운동이 큰 도움이 된다고 합니다. 생리 당일이 아니라 평소에 운동을 해야
한다는 뜻이니, 아픈 몸을 끌어안고 무리하게 헬스장에 오지는 마세요. 아플 때는 이유를 불문하고
쉬는 것이 최고입니다.

4. 비만과 생리불순

〈다이어터〉에서 수지가 비만 때문에 생리불순으로 고생하다가 6권에 이르러서 정상적인 생리를
합니다. 지방세포가 늘어나면 인슐린 분비에 이상이 생기고, 연쇄적으로 안드로젠이라는 호르몬
작용에 이상이 생깁니다. 그래서 생리 주기가 이상해지는 것이죠. 사람에 따라서 비만이나
고도비만이 아니라 과체중인 경우에도 생리불순이 올 수 있다는 겁니다. 이런 상태가 지속되면
무배란성 생리를 하거나 생리 자체가 멈추어 버릴 수도 있습니다. 최악으로는 불임이 되기도 합니다.
만약 체중이 많이 나가고 생리가 불규칙하면 반드시 다이어트를 해야 합니다.

그렇다고 수단과 방법을 가리지 않는 살빼기는 금물입니다. 그런 경우에는 대개 영양 불균형이 오기
마련이고, 이 역시 생리불순을 가져옵니다. 극히 드물지만 운동을 지나치게 해서 남성 호르몬이 과다
분비되고, 생리불순이 오는 경우도 있습니다. 뭐든지 적당한 것이 좋습니다.

지방세포는
사라지지 않는다.

어…?
설마, 넌…!

다만,
작아질 뿐.

그래. 맞아!
나야, 나!!

오랜만
이다!

작아졌구나!

빙글

빙글

빙글

별지방의
귀환…!

인수인계
사항은
더 없나요?

없어.

성지기
교대시간.

오면서 보니까
하늘에서
작은 지방이
내려오던데요.

아…
늘 있던
일이니까….

네….

성지기 업무를 마치고 퇴근한 꽃지방 아빠.

우리 딸내미 집에 잘 있나?

아, 아니?!

아빠!

아저씨!

역시… 작아져버렸군…!

…….

작은 지방 주제에 지금 어딜 들어온 거야? 썩 나가지 못해!! 가!! 어서 꺼지라고!!

아저씨….

아빠!! 오랜만에 돌아온 친구한테….

아빠가 아무리 부정하셔도 이제 지방대장의 시대는 끝났어요!

제발 정신 차려!! 선동질하는 꼬마근육이와 다니지 말고!

싫어요!!

아저씨….

49

저도 처음엔 작아지는 게 싫었어요.

하지만 이렇게 변하게 되는 과정이 생각보다 나쁘지 않았어요.

오히려….

몸이 작아지는 동안 마음이 편안해졌어요.

정신이 맑아지며 또렷해지는 기분….

그리고 수지나라의 주인인 신수지의 기분을 생생하게 느낄 수 있었죠.

울지 말아요.

아몬드 지방 …!

변하는 걸 두려워 말아요.

수지나라는 앞으로도 계속 변해갈 거예요.

이제 여기서 살아가려면 지방들도 변해야 해요.

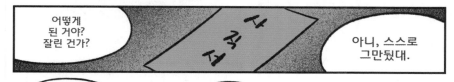

어떻게 된 거야? 잘린 건가?

아니, 스스로 그만뒀대.

딸 친구의 말을 듣고 느낀 게 많았다더군.

어차피 공존하며 살아가야 할 거 이렇게 근육들과 대립하긴 싫다는 거지.

나도 곧 그만둘 거야. 대장도 정신이 나갔고….

작은 지방 연합회에 딸과 함께 참여한다고 들었어.

쉿! 그게 또 무슨 소리야. 누가 들으면!

작아지면 정신이 맑아지며 마음까지 선해진대.

자네도 현명하게 처신하는 게 좋을걸세.

어허, 이 친구야. 아직도 모르겠어?

우리는 지금 급격한 변화의 시대에 서 있는 거야.

이 흐름을 타지 못하면 우리의 남은 인생은 미래가 없어.

솔직히 셀룰님이야 어지간해선 변하지 않으니 대장님에게 충성을 다 하는 거겠지만 우리는 다르지 않나.

작아지면 지방군 노릇도 더 이상 할 수가 없는데….

이런 상황에서 근육들을 적으로 돌리는 건 미련한 짓이야.

지금의 지방대장은 우리의 미래를 책임져 주지 못해…!

많은 지방들이 그렇게 지방성을 떠나가고 있었다.

끼익

수지나라 건국 초기부터 함께했던 늙은 지방

셀룰라이트

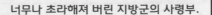

너무나 초라해져 버린 지방군의 사령부.

대장님….

….

마치 거짓말 같았던 영광의 나날들….

대장님. 일어나세요.

산책이라도 하시는 게 좋겠습니다.

이제 내가 해야 할 일은 하나뿐이다.

이러고 있으면 안 돼요.

대장님을 회복
시켜야만 해…!

일부러 산책로를
돌아가는 것도
웃기는 일이라고
셀룸은 생각했다.

…

…

…

딱

누, 누구야!!

...

이… 이놈들이…

지방대장!!
죽어라!!!!

우우우우!!

!!

대장님!!

식이조절과 운동을 멈추지 않는 신수지.

근육을 따르기 시작하는 지방들.

그리고 대장님과 나.

나의 존재 이유는 무엇인가….

애초에 버스를 타고 몸에서 나가버렸으면 좋았을 것을….

비틀 비틀

타타 타 타

살 빼는데
몇 백만 원, 몇 천만 원
쓸 필요없이,

바른 식습관과
규칙적인 운동을 하면
그런 요법보다
더 많이 빠지고,
제대로 빠지고,
질병에도 안 걸린다.

그것은 확실한 사실이다.

-다큐멘터리
'생로병사의 비밀'
중에서-

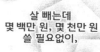
신수지,

새빛 은행
특별우대
5.8%

현재 163cm/
65kg

자극받는 동료들이
늘어나기 시작했다.

휴게실

수지씨.
나 다이어트
일기장
만들었어!

이것 봐!

나도!

나도!

적다 보니 생각보다
많더라고. 먹는 게….

난 어제 뭐
먹었더라….

샐러드랑….
샐러드랑….

소스는
안 드셨어요?

소스?
소스도
적어야 해?

리얼+ 우유
백반 쑥쑥
나나 2개
샐러드
허니 머스타드 소스

사람은 무의식중에 자기가 먹은 것보다 적게 쓰게 된다.

최대한 있는 그대로 다 적어야 해.

그리고 한참 후에 적는 건 의미가 없다.

먹은 즉시! 바로 적어야 하는 거야.

식사 사이에 먹은 간식이나 음료수는 쉽게 잊기도 하고, 소스는 고열량인데 빠트리고 샐러드만 적기도 한대요.

저는 예전부터 소스는 먹지 않거나 작은 접시에 따로 담아서 찍어 먹어요.

그렇게 해야 조금만 먹을 수 있으니까요.

이미 뿌려버리면 걷어내기도 힘들고.

우리의 몸은 필요로 하는 열량보다 많은 열량을 섭취하기 때문에 살이 찌지만….

칼로리 계산 때문에 스트레스 받을 필요는 없다.

정확하지 않아도 된다.

근처만 가도 충분하다.

1,499칼로리는 살이 빠지고

1,500칼로리는 유지되고

1,501칼로리부터는 살찌고 이런 건 아니다.

골인 지점은 생각보다 넓다.

애초에 칼로리 계산법은 정확하기가 어렵다.

같은 음식이더라도 가게마다 양이 다르고 조리법에 따라 칼로리가 달라지기 때문이다.

130
40
300
87
100
10
36
320
34
25
34
130
130
70
87
36

난 오늘 대충 계산해보니 1,500칼로리 먹었으니까 과자 한 봉지 정도는 더 먹어도 되겠지!

와삭
와삭

실제로는 3,000칼로리가 넘게 먹은 것일 수도 있다는 얘기다.

우리는 한 가지 원칙만 지키면 된다.

채소와 단백질은 충분히.

탄수화물과 좋은 지방은 적당히.

지방은 조금만.

1인분 기준.

점심에 탄수화물이랑 지방을 많이 먹었으니 저녁에는 채소를 좀 더 먹어야겠어….

아삭
아삭

무엇을 얼마나 먹고 있는지 인지하는 것.

이것이 식단일기를 쓰는 가장 큰 목적이다.

먹었네요. 기름, 설탕 소금을….

네…. 너무 먹고 싶어서 딱 하나만….

하긴 먹고 싶을 때가 있죠.

!

드세요.

드시고 싶으면 드셔야죠.

대신 오늘은 빵을 드셨으니까 그만큼 더 운동하겠습니다.

빵은 빼야 하니까.

으으 으으 윽!

안 먹어…!! 그놈의 빵 다시는 안 먹어…!

내일도 드세요. 꼭이요~.

모레도 드시고요.

3. 스쿼트 + 발차기

준비자세.

스쿼트 하고

일어서며
왼발 Kick

스쿼트 하고

일어서며
오른발 Kick

30초

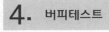 **4.** 버피테스트

준비자세.

30초

시간이 없고, 주머니가 가벼울수록 좋은 식사를 하기 어려운 건 사실이다.

뭘 먹을까가 아닌, 먹는 것 자체가 목적이 되기 때문이다.

라면 지겹다. 지겨워.

짜장볶이 먹으면 되잖아.

빨리 먹고 학원 가자.

MILK

Family Fa

참새 역시 항상 건강한 식단만 지킬 수 있는 건 아니었다.

....

라면

하지만, 적어도 자기 몸에 들어가는 음식이 어떤 것인지는 알았다.

나트륨이 정말 장난 아니네. 한 봉지로 일일 권장량 올킬!

지방도 많고.

영양성분 1회 제공량 당 함량 *%영양소기준치		1회 제공량 당 함량 *%영양소기준치	
열량 500kcal		지방 16g 32%	
1회 제공량 1봉지(115g)	탄수화물 78g 24%	포화지방 8g 53%	
	당류 3g	트랜스지방 0g	
/총 1회	단백질 11g 18%	콜레스테롤 0mg 0%	
제공량(115g) 자사분석치		나트륨 1,860mg 93%	

* %영양소기준치 : 1일 영양소기준치에 대한 비율

*표준조리법대로 조리시 100g당(국물포함) 나트륨함량이 400mg입니다.
(나트륨 1일 영양소 기준치 2000mg)

면은 데쳐서 기름기 빼고, 스프는 반만 넣어야지. 국물은 버리자.

으...! 다이어트에 최악의 식품인 라면!

보글 보글

신경 쓰기 시작하면 대충 먹을 수가 없는 것이다.

어휴. 내 얼굴 진짜….

살 빠지면 조금 나아지긴 하려나….

살…! 살만 빼면 어떻게든 되겠지…!

얼굴은 나중에 생각하자…!!

가공식품과 나트륨 섭취를 줄인 지

….

4주 째…!

참새의 변화는
피부와 얼굴로 드러나기 시작했다.

이렇게 열심히 식단을 지키면 여름에 비키니 입을 수 있을까?

누구랑 가려고요?

비밀!

수지의 영향 탓인지 회사 내에서 도시락을 먹는 게 유행이 되었다.

수지 씨….

ㅎㅎ ㅎ ㅎ ㅎ

ㅋ ㅋ ㅋ ㅋ ㅋ ㅋ ㅋ ㅋ

참 많이 달라졌네…. 대단해.

어?

부장님도 도시락 싸오셨어요?

허허허, 다들 편하게 밥 먹는데 왠지 방해하는 것 같아서 원….

아니에요~ 같이 먹어요!

허…
허허…

저희들 마치 다이어트 그룹 같은데요?

회사에서라도 건강하게 먹어야지.

호호호.

네?

천천히 씹어 먹기.

짜지 않고 건강한 반찬.

적당한 식사량.

빙글 빙글

이 모든 것에 관심이 없는….

한번 먹기 시작하면 배가 터질 때까지 먹는 숙이 씨.

호호, 이상 하네요.

먹을 땐 배가 안 불렀는데….

대식가 숙이 씨….

허비

허비

아이고, 숙이 씨! 누가 안 쫓아와요!!

숙이 씨….

처음에는 그런 숙이 씨의 모습이 사랑스럽게 느껴진 것도 사실이다.

나도 맛있는 거 좋아하니까.

하지만, 매일매일 이렇게 먹다간….

뭔가 병에 걸리고 말 거야.

안 걸린다 니까요!

자꾸 어지럽다고 하고, 자주 체하니까 걱정이 돼서 그러죠.

하도 건강검진 받자고 설득하셔서 받긴 받겠지만, 어쨌든 전 건강하다고요!

혹시 위험할 수도 있잖아요.

흥!

위험한 상태입니다.

헉!

백날 조심하라는 주위의 백 마디 말보다 더 효과 있는 의사의 한마디.

비켜, 비켜!!!

와하하하!!

지방의 위험한 점은 몸속에서 염증을 유발한다는 점이다.

몸속 주인이 느끼지 못할 정도로

상당히 오랜 시간 동안

방치된다.

아빠. 쟤 쓰레기 먹어.

어허. 가까이 가지 않는 게 좋겠다.

만성 염증은 암세포를 유발하는 환경을 만든다.

끄으으….

난 이대로 없어지는가.

염증이 낮게 되면 보통은 아무 일도 안 일어나지만

지방….

지방….

너무 많은 지방이 문제…!!

마른 사람이라고 해서 암에 걸리지 않는 건 아니다.

하지만, 비만인 사람이 암에 훨씬 취약하다는 것은 분명한 사실이다.

그, 그래서 숙이 씨가 지금 암이라도 걸렸다는 건가요?

아니요. 아니요.

벌써 걸렸다는 게 아니고요.

비만을 개선하지 않는다면 언젠가 위험한 상황이 올 수 있다는 거지요.

이미 고혈압이나 관절염은 진행 중이신 것 같고요.

암뿐만이 아니에요.

비만이 오래 지속된다는 건 그만큼 온갖 질환에 무방비로 노출돼 있다는 뜻이거든요.

비만이 유발하는 병은 셀 수 없이 많죠….

건강한 인생을 누리고 싶다면 식단조절과 운동이 필수예요.

숙이 씨….

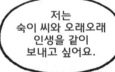

하지만, 대부분 비만이 해결되면 병도 해결됩니다.

저는 숙이 씨와 오래오래 인생을 같이 보내고 싶어요.

…함께 운동해요.

….

하지만….

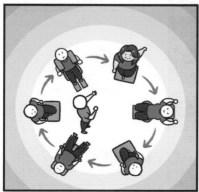

저 너무 못한다…. 그쵸?

그래도 재밌어요.

다음엔 야구경기를 같이 보러 갈까요?

응원도 운동이니까.

좋아요. 노래방도 가요.

노래하고 춤추는 것도 운동이잖아요?

좋아하는 음식을 배불리 먹지 못한다고 해서 아쉬워할 일이 아니다.

부지런히 움직이고 적당히 먹으면 건강과 다이어트는 자연히 따라오게 된다.

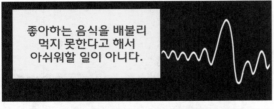

최악의 경우는 평생 먹지 못할 수도 있다.

건강해야 오래오래 맛있는 걸 먹으면서 살 수 있다.

5. 비만과 암의 관계

〈다이어터〉가 항상 강조하는 것은 건강한 삶입니다. 외모와 미용도 중요하지만, 그보다 더 중요한
것은 건강입니다. 비만은 고혈압, 당뇨, 지방간 등의 질병을 유발합니다. 놀라운 것은 익히 알려진
성인병뿐만 아니라 암 발병과도 연관이 있다고 합니다.

살찐 몸에는 에너지가 넘쳐나므로 이것을 소모하기 위해 인슐린이 대량 분비됩니다. 그런데 인슐린이
암세포 생장을 촉진하는 일종의 촉매 역할을 한다고 합니다. 인슐린 자체를 미워하지는 맙시다.
인슐린만으로는 대사작용을 원활하게 유지하는 역할을 하니까요.

암세포는 일반 세포에 비해서 빠르고 무제한으로 성장하는 특징이 있습니다. 그래서 주요
에너지원으로 포도당을 사용한다고 합니다. 포도당은 단당류로 가장 빨리 폭발적으로 힘을 낼 수
있는 에너지이죠. 비만은 에너지가 많다는 뜻이고, 이것은 혈당치가 높다는 의미와 같습니다. 따라서
평소에 많이 먹는 습관은 암 발생률을 높인다는 뜻이 되는 것이죠. 그렇기 때문에 암을 치료하는
식단이 채식과 저탄수화물 위주가 되는 것입니다. 병에 걸려서 평생 먹고 싶은 음식을 못 먹는
인생보다는, 평소에 조심하면서 먹고 싶을 때는 맛있는 것을 먹는 인생이 훨씬 즐겁지 않을까요?

수지의 다이어트
11개월 차.

체지방 27kg
감량 후
65kg를
유지 중.

또 정체기가
왔나….

참새의 살이
쭉쭉 빠지는 동안
수지의 체중은
1kg도 변하지
않았다.

하지만, 마음을
편하게 먹자고
생각하는 수지.

정체기가 왔다는 건
몸이 이 체중을
기억하려는 거니까.

몸에 대한 지식이
늘어날수록
조급할 필요가
없다는 걸
알게 된다.

언니. 여기 옷 좀
구경하고 가요!

!

유혹에도
흔들리지
않는다.

아직 과체중이지만
사람들 사이에
섞여 있으면 더 이상
튀지 않는 수지.

빠아아아

다음날.

아, 오늘은 저스틴이 아침청소 하는 날인데…!

투덜 거리기는.

이 코치도 너 없을 때 많이 해줬잖아.

워이 이잉

쑤왁 쑤왁

자.

이게 뭐예요?

월급.

예?

빚은 다 갚았다. 이제부터 버는 돈은 전부 네 거야.

아직 초보 트레이너니까 많이는 못 준다.

월급…?

그동안 사기 쳤던 빚을 갚느라 이제서야 100% 제대로 된 월급을 손에 쥐게 된 찬희.

내 월급…!

…..

이제 신수지 회원님 돈 남겨서 날로 먹는 그런 짓 하지 말고 착실히 모아라.

!!!

아, 아셨어요?!

...아니. 왠지 네가 장을 본다기에 충분히 그럴 것 같아서.

진짜냐?

왜!! 그 표정 뭐야. 뭐!! 내가 뭐!!!

철벅 철벅 철벅

....

후후. 이 시계 어때요?

예전에 나 좋아하던 개인PT 회원이 생일 선물로 해준 시계인데.

이게 얼마짜린지 알아요? 부럽죠?

저스틴 이 자식, 옛날에 나한테 비싼 시계를 자랑했겠다?

나도 이제 맘만 먹으면 살 수 있다고.

오, 똑같은 거 발견했다.

저기요, 이거 얼마예요?

280만 원 입니다.

옷 몇 개만
사는 걸로
타협.

생각해보니
돈이 생겼다고
펑펑 쓰고 다니면
안 되겠어.

수지 집에서도
곧 나와서
살아야 하니까.

처음으로
정당하게
번 돈이니까….

차라라라라

반짝반짝 적금
1억 만들기 PL
새빛은행

콩
콩
콩

슥

어?

아가씨가 너무
친절해서
주는 거야~.

아. 감사합니다
고객님.
잘 마실게요.

요즘 은근히
선물 많이
받는 것 같다.
수지 씨!

OOCARI SWEAT

81

지난달엔 이달의 미소왕으로 뽑혀서 보너스도 더 나오고 말야!

고객님들이 절 좋게 봐주시는 것 같아요.

하기야 수지 씨는 살 빼기 전에도 한결같이 친절했지.

왜 사람들은 이제야 알아봐 주기 시작한 건지 원.

그리고 저 할아버지 전에 수지 씨한테 진상 부리던 사람 아니야? 웬일이래.

....

해약재발급 예금·적금

띵동 130

130번 고객….

어…?

선생님, 여긴 웬일이에요?

내가 은행에 뭐하러 왔겠니.

예?

저축! 당연히 저축이지!

자!

....

…또 뭘 팔았죠?

팔다니, 내가? 이 서 코치가?

나 월급 받았다고! 이제부터 월급 받는 정식트레이너라 이 말이야! 빚이 다 변제됐거든! 하하하!

제 300만 원은요?

....

그… 그건… 그건 이미 끝난 일이잖아.

관장님이 합의해 준 거 아니야?

그리고… 난 이미… 300만 원 치의 관리와 집안일을…

하하하, 농담이에요, 농담. 그럼 적금통장인 거죠?

축하해요.

으… 응.

…근데 네온비 관장님이 이것밖에 안 주던가요?

뭘… 좀 샀어…. 그냥 조금….

그리고…

자.

부시럭

부시럭

10000

첫 월급을 타면
원래 부모님한테
내복 같은 거
선물한다면서.

난 부모님이
없으니까.

....

고마워요,
선생님.

경제적인 홀로서기를
시작한 찬희,

다이어트 홀로서기를
하고있는 수지.

일단 1년으로
시작하세요.

1달 최저 만 원부터
최대 1000만 원까지
자유롭게 저축할 수 있는
상품이구요.

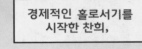

만기시
3.8% 이율로
...

내복을 선물 받은
네온비 관장.

...

참새의 중간 점검일.

169cm / 81kg

믿을 수가 없어요 ….
아직도 앞자리는
8이긴 하지만 ….

6주 만에
16kg을
감량했어요.

일주일에
평균 2.7kg의
속도.

고도비만은 초반에
상당히 빨리 빠집니다.
크게 무리하는 건
아니니까 걱정 마세요.

정말 열심히
잘하시고
있어요.

ㅎ‥   ㅎ

ㅎㅎ‥

힘들거나
아픈 덴 없죠?

네….

다이어트를
실패하는
대부분의
원인은….

….

무리한
계획.

올라와요!
올라올 수
있어요!!

바둥
바둥

실패했을 때의
충격도 크고

지속하기도
어렵다.

목표를 이루기 위해선
너무 높지도, 낮지도 않은
계단이 필요하다.

저스틴은 참새에게 가장 알맞은 높이의
계단을 만들어주는 전문가였고

그 계단을 묵묵히
올라와 주는 참새 역시
보통 의지의
고등학생은 아니었다.

지금 하는 다이어트가
너무 힘들고 괴롭다면
계단이 너무 높은 게 아닌지
다시 확인할 필요가 있다.

참새 회원님은
즐겁게 따라와
주셔서 다행
이에요.

성형요?

네….
빨리 빼고,
성형도 하고
싶어요.

네….

….

게으른 사람은 있어도, 예쁘지 않은 사람은 없다는 말도 있죠.

네?

518

송참새 회원님.

지금 그대로도 예쁘시다고요.

헐….

헐….

헐….

저스틴 선생님….

눈이 좀 이상한가봐….

태어나서 그런 말
처음 들어 봐.

다음 날.

큰 헬스장

65kg.

헉…!

지난주엔 분명히
63~64 사이로
왔다갔다했는데….

어쩔 수 없지.
며칠씩 계속 외식하고,
회식도 있었잖아?

그건….

사회생활
하다 보니까
어쩔 수가
없어서….

요즘 주변에서 계속
칭찬만 하니까
스스로 과체중 상태에
만족하는 거 아니야?

자신감도
많이 오르고
해서….

맞는 것
같아….

<난 틀렸어>

<할 수 없어>

<끝이야>

보다 더
위험한 말이
있지.

<난 마음만 먹으면
뺄 수 있어…!>

이 말이
과식하는 게
무뎌져도
된다는 말은
아니야.

어쩌다 한 번이면 모를까.
반복해서 과식하면
어렵게 줄인 지방들이
돌아오는 건 시간문제라고.

크윽….

들리는 것 같다….
지방이 살찌는
소리가…!

뿌욱

뿌욱   뿌욱

현재에서 만족하는 것과
표준체중까지 빼고 나서의
마음가짐은 달라.

지금까지 운동했던
많은 시간을
부질없던 시간으로
날려버리고 싶진
않겠지?

잘하고 있는
수지에게도 가끔씩
찬희의 따끔한 충고가
필요했다.

선생님 말이
맞아….

삐 삐
삐…

오늘은 유산소 운동 40분 동안 집중해서 하겠어요.

엉 엉 엉 엉

열심히 할게요. 다시 마음 잡고…!

매일매일 한 운동이 무용지물이 되게 할 수는 없으니까….

짠!

Diet FIGHT! NEW SEASON

Diet FIGHT! NEW SEASON

1~50

매년 여름이면 쏟아지는 다이어트 서바이벌 프로그램.

역시 올해도 나오는구나.

Diet FIGHT! NEW SEASON

땡!

탈락입니다.

뚱뚱한 사람들이 정말로 많네….

정말로 ….

시내로 나가면 전부 날씬한 사람들 뿐인데….

스스로에게 자신이 없는 사람들은 집에서 시간을 보낼 때가 많다.

주변 시선 때문에 외출이 즐겁지 않으니까.

그런 사람들이 엄청난 용기로 카메라 앞에 서 있는 거다.

회사 최종면접에서 외모때문에 탈락….

차별에 상처받고….

우울증도 오고….

머리카락이 숭숭 빠지고….

원 푸드를 했더니 요요가 더 심하게 오고….

저 좀 제발 뽑아주세요.

제발요….

….

수지는 유산소 운동을 하며 생각했다.

합격!!

많은 사람들이 정석 다이어트 방법을 모르기 때문에 특별한 비법에 혹하는 거라고.

탈락.

이런 기회마저 얻지 못한 수많은 사람들에게 자신이 했던 방법을 알려주고 싶다고….

며칠 뒤.

한적하고 평화로운 주말.

야! 일어나! 지금이 대체 몇신지 알아?! 잠 못 자서 죽은 귀신이 붙었나.

아…. 왜요…! 오늘은 운동 쉬어도 되는 날이에요….

이따 저녁에 동창회 있다면서? 많이 먹을 거 아냐. 미리 좀 운동하고 와.

싫어요…. 더 잘래요.

으이구 답답아!

벌떡

지금 아파트 단수됐어!

동창회 간다며? 안 씻고 갈 거야?

다녀오겠습니다!

고마워요!

쿵

끼이…

콱 콱 콱

어푸
어푸

요즘 바빠서
블로그 정리도
못 했는데 왜
안 나가려고 그래.

수지가 50kg대로
떨어지면 그때 팍
터뜨려야 되는데.

아직은
비공개지만….

꾸욱…

후후…∞

후후후
…∞

하하하…

cafe NEON

보 습 학

BUS STATION

띵동

찬희 선생님

동창회 잘 다녀와

대장님, 저 셀룰입니다.

들어가겠습니다.

끼익

…?

아….

셀룰라이트인가.

…?

대장님…?

스르르

콰장창

기억났다.

내 본모습이 말이야.

밖으로 나가봐야겠어.

도, 도와 드리겠습니다.

대장님…!

아니…. 난 이제 괜찮네.

대장님….

받아
주십시오.

대장님….

와아—

와아—

와아—

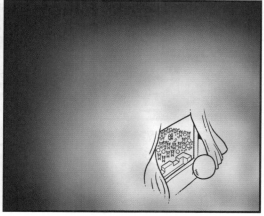

건배!!

째앙

수지가 기분이
좋은 두 가지 이유.

아하하

첫 번째, 예전에 꼭 입겠다던
청남방을 동창회 자리에 입고
나올 수 있어서.

수지야, 정말
예뻐졌다~!

정말,
세상에!

못알아
봤어

두 번째,
친구들의
반응 때문에.

아하하.

<난 이미
많이 뺀 경험이
있으니까…>

<마음만 먹으면
할 수 있으니까…>

위로가 되면서도
위험한 말들.

아무리 즐거워도
정신은 놓지 말자.

이미 다 아는 맛을
일부러 먹어치워
없애지도 말고.

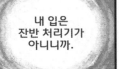

내 입은
잔반 처리기가
아니니까.

딸랑

얌마, 이제 오냐?

아, 미안. 일이 좀 있어서!

어?

넌 누구였지? 잘 기억이….

수지 진짜 살 많이 뺐지? 우리도 못 알아봤어.

….

…뭐?! 신수지??

….

돼지야!! 좀 비키라고!!! 안들려?

더운데 진짜 짜증나 죽겠네.

너 때문에 더 덥잖아!!

미… 미안, 빨리 지나갈게.

저런 뚱보들은 그냥
옆에만 지나가도
패버리고 싶다니까….
진짜 얼마나 게으르면
살이 쪄? 살이!

남들하고
똑같이 먹고
움직여봐!

왜 살이
찌느냐고?!

이야….
못 알아볼 뻔했다.
진작 살 좀 빼지 그랬어?
완전 사람 됐네.

내가
학교 다닐 때도
살 빼면 예쁠 것
같다고
그랬잖아.

…뭐? 네가 언제
그딴 말을 했어?

은행원?
이야~

그럼 돈도
잘 벌겠고.
너 인기
많겠다.

난 작은 회사에서
일하고 있어.
자, 명함.

애인은 있어?
난 얼마 전에
헤어졌는데.

아직….

넌 안 줘?

아…
안 가지고
다녀서.

그럼 번호 찍어줘. 자.

으, 응….

알려주기 싫은데….

꾹꾹

왜 아직도 남친이 없어?

….

힐끔

저, 난 이만 가볼게. 내일 출근도 해야 하고….

그래, 수지야 종종 연락하자~!

나도 이만 간다.

어? 넌 왜 가?

정말 이쪽 방향이니?

어. 야, 이것도 인연인데 따로 술 한잔 더 할래?

추쿵 추쿵

추쿵추쿵

됐어. 우리 학교 다닐 때 별로 친하지도 않았잖아? 왜 이러는 거니?

그랬나? 지금부터 알아가면 되지?

넌 대체 언제적 이야기를 하는 거야?

고등학교 때도 내가 다 너 잘되라고 놀린 거지.

그래서 지금 이렇게 살 뺀 거잖아. 안 그래?

뭐라고…?

내가 살이 빠진 게 네 덕분 이라고…?

휘잉

뭐야, 신수지. 아직도 안 들어왔나?

신수지 어디야?

꾹 꾹 꾹 꾹

거의 다 왔어요.

또 실컷 먹고 오는 거 아니야?

시꿀 시꿀 놔!

102

넌 살을 뺐어도 여전히 뚱뚱해.

봤지, 오늘? 동창회에 나온 여자애들 중에 네가 제일 돼지인 거?

이….

이거 놔!

팍

어이쿠.

탁

탁

앗.

!

빠직

이건 실수….

대신 나랑 사귀면 더 좋은 걸로 사줄게.

그럼 되잖아?

….

신수지. 늦었는데 얼른 집에 가.

선생님 ….

누구야?

선생님.

늦었는데
왜 아직도
싸돌아다녀?

빨리 집에 가.

내일
헬스장에서
보자.

그럼 그냥
같이 집에….

쉬….

저렇게 입 싸 보이는
동창한테
'우리 동거해요' 하고
떠들 작정이냐?

일단
들어가 있어.

근처에 사는
신수지
트레이너
선생이다.

뭐…?

트레이너
선생…?

어? 야!!
신수지!!

야!!
전화한다?
전화할게?

넌 뭐 하는
놈이야?

발 치워.

머리핀
줍게.

ㅋ … ㅋㅋㅋㅋ.

아~.

난 또… 살 많이 뺐길래 뭐 대단한 의지력 갖고 있나 했더니,

솔직히 개인 트레이너 있으면 누가 못한다고, 뭐 대단하다고 그게….

대단하지.

대단하니까 성공한 사람들이 TV에도 나오고 그러는 거 아니겠어?

난 옆에서 숫자 세 준 것밖에 안 했어.

노력은 신수지가 한 거야.

그래서, 뭐? 니가 남친이라도 돼? 병신아!

….

말했잖아.

트레이너와 제자라고.

그리고 넌 진짜 개 쓰레기고.

근데 왜 갑자기
나서서 방해하고
지랄이야!! 어?!

떡
떡
떡

떡
떡

개색
기야!!

이 자식이…!
누구는 손이 없어서
못 때리는 줄 아나…!

떡
떡

떡
떡
떡

싸움질 좀
하지 마라!!

언제
철들래?!

관장님….

떡
떡

떡
떡

저도 이제 저축도 하고
좀 달라지려고 하는데….

이런 상황에서도
참아야 합니까?!

예 ????

경찰 POLICE

진짜
잘 참았어!
크하하!

처음 보는 사람한테
두들겨 맞았습니다.

보이시죠?

집에 들어간
수지가
신고했다.

크흑…
제발 합의 좀….

봐주세요!
박봉이에요.
어형~

선생님, 정말 제가
안 가봐도 돼요?

넌 내일 출근해야지.
어차피 아파트 CCTV에
다 찍혀 있어.

그보다 너 저 녀석한테
폰 번호 알려줬다면서?

예전에 많이
시켜먹던 중국집
번호예요.

ㅋㅋ

꾹
꾹
꾹

107

목돈이군요.

이럴 땐 보통 거치식 예금으로 넣죠.

좋아. 그걸로….

어?

안녕하세요.

송참새. 현재 다이어트 7주차 돌입.

169cm / 79kg

적금 깨는 거야? 오랫동안 모아 왔는데….

헤헤… 네. 어차피 같은 목적에 쓸 생각이에요.

같은 목적?

예뻐지는 거요….

다른 방법으로 해 보려고…

중요한 건 내면이에요.

꾸미는 건 대학 가서 해도 충분해요, 충분해.

충분한 사람도 있고 아닌 사람도 있다.

외모 때문에 차별받는다면,

혹은 그렇게 느끼고 있다면,

그 때문에 주눅 들고 있다면,

예뻐지기 위해 노력하는 것은 자신감을 되찾기 위한 노력이다.

하복이 너무 커졌네….

윽흐르…

참새가 적금을 깨고서 가장 처음으로 간 곳은 교복 매장이었다.

SCHO

맞춤 교복을 입지 않고 바로 살 수가 있게 된 거다.

머리 하시게요?

네….
스트레이트로
해주세요.

부지런할수록
외모는
나아진다.

잠깐씩 낄 거면
일회용도
괜찮아요.

안경. 콘택트렌즈

네…. 이걸로
주세요.

일주일에
두세 번만
껴 보자.

큰 안경을
쓰고 다녔더니
콧대가 계속
눌리는 것 같아.

대학 가면
라식수술
해야지.

BEAUTY FACE

화장품

20%

요즘은 저렴하고
좋은 브랜드가
많아서 다행이야.

SKIN CARE

폼 클렌저….
바디 클렌저….
마스크 팩….

MASK PACK

HIT!

립밤….

매니큐어….

쿵
쿵

화장품
냄새를 맡으면
왠지 식욕이
달아난단
말이야…?

518

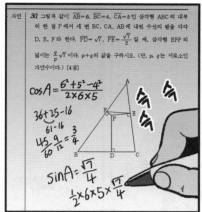

달칵

삶은 검은 콩과 바나나로 시작하는 참새의 아침식사.

식이섬유와 단백질, 기타 영양소가 풍부하게 들어있는 검은 콩.

냠냠냠

단백질 섭취를 늘리면 포만감이 오래 지속되는 효과가 있다.

탕 탕
탕 탕… 탕…

으윽…. 점심이 올 때까지 버틸 수가 없어!!

탄수화물

탕 탕 탕

허기

총알이 떨어졌어!

철커 철커

나한테 맡겨라!!

단백질

틱

엎드려!!

우어어

툭

단백질이 식욕억제호르몬(PYY) 분비를 촉진하기 때문이다.

쾅 쾅 쾅

112

참새야, 아침 먹어?

부지런 하다

응.

진짜 살 많이 빠졌다…. 예뻐지네.

고마워….

피부도 좋아졌고 정말 부럽다~.

그래도 난 옛날의 네 모습이 더 좋은데.

맞아, 옛날의 참새는 진짜 귀여웠지.

…뭐?

욱신

빨리 빼서 막 머리카락 빠지고 그러진 않아? 부작용 같은 것도 있을 수도 있다고 하던데….

난 옛날의 내가 정말 싫은데 …….

다시는 예전으로 돌아가고 싶지 않아.

친구들은 내가 계속 뚱뚱한 모습으로 남아있길 바라는 건가?

지금이 100kg 가까이 나갔던 때보다 못하다는 뜻일까?

뚱뚱했을 때가 더 낫다는 말이 도대체 무슨 뜻이야?

내가 그냥 예민한 걸까?

그러나

미안…. 참새야. 화났어?

….

나도 그냥, 걱정돼서 ….

큰 악의 없이 그런 말을 하는 사람들도 많다.

어차피 친구들은 내 기분을 100% 이해하지는 못할 거야….

여기서 화를 내버리면 사이가 틀어지게 되겠지….

뚱뚱한 모습도 귀엽게 봐줘서 고마워.

하지만, 지금도 열심히 노력하고 있고….

예전보다는 지금이 훨씬 행복해.

등 대고 스쿼트.

이 부분이 자극되도록 운동한다.

쉬는 시간.

하나…!

둘…!

하나…!

하나…!

둘…!

한 번에 집중해서 운동하는 것도 좋지만, 짧게 자주자주 하는 운동도 효과가 좋습니다.

참새야, 뭐해?

으…. 응, 살 빠지는 운동.

헬스장 선생님이 가르쳐줬어.

뭐? 살 빠지는 운동? 정말?

진짜 이거 하면 살이 빠져?

나도 해야겠다.

나도!

한편, 수지는 7주째 65kg 언저리를 머물고 있었다.

꾸준히는 하는데 정말 어렵구나, 60 초반으로 내려가는 게….

아침 공복 운동은 지방이 빠지는 데 크게 도움이 되죠.

공복 운동 이요?

지금도 회사까지 걸어가고 있긴 한데…. 날씨가 궂으면 걷지 못하고,

걸어가는 코스가 너무 익숙해져서 예전보다 운동이 좀 덜 되는 것 같기도….

그리고 앞자리 5를 보기 위해서도…!

빰 빰 빰 빰 빰

05:30 AM

60초반이 되려면 확실히, 배로 노력하지 않으면 안 되겠어….

일은 안 하고 왜 잡담이야, 저스틴!!

야!

….

….

짝

빰 빰 빰

졸리고….

귀찮아….

후암

내일부터 할까?

5분만 더 눈 붙일까?

…졸려도 일단 움직이면, 세수하면 깬다…!

움직이자, 신수지! 60kg 초반으로 가는 거야!!

선생님. 내일부터 회사까지 걷는 것 대신 헬스장에서 아침에 공복 파워워킹을 하려고 해요.

괜찮겠어…?

여름이라 땀도 많이 나니까… 운동 후 씻고 출근하면 딱 좋을 것 같아서요.

힘들어서 스트레스 받을까봐 공복 운동까지는 안 시키려고 했던 건데.

인터넷으로 찾아보니까 공복 운동은 근손실이 될 수 있다던데….

운동선수나 보디빌더라면 조심해야겠지만 다이어트엔 괜찮아.

공복 운동을 시작한다면 운동 전에 아메리카노도 좀 마셔주면 좋고.

운동 전 약간의 카페인 섭취는 지방을 태우는 데 도움이 되니까.

어제 저녁에 만들어 놓은 아메리카노.

쿵

30분 후 다시 울리는 꼼꼼한 알람 셋팅.

빰빰빰!

깜짝!!

빰빰!!

핸드폰 가져가, 신수지!

이거 어떻게 끄는 거야!!

빰빰빰!!

아.

큰헬스장

웽 웽 웽 웽

아침에도 정말 많은 사람이 운동하고 있구나…!

매일 저녁때만 와서 몰랐는데….

나도 이 배경에 자연스럽게 녹아드는 게 좋다….

파워워킹!

300kcal….

빨리 걷기를 한 시간가량 해도 언제나 200~300kcal 정도구나.

운동을 아무리 열심히 하더라도 소비되는 열량은 크게 늘어나지 않는다.

고작해야 500kcal 내외.

하지만, 그 500kcal는 디저트 커피로도 간단히 채워진다.

그렇게 생각하면 식단을 지키지 않을 수가 없어….

개운한 출근길.

고구마가 꿀맛이네!!

117

잘 먹은 아침.

y Plan

Sunday	Monday
8:20 바나나 1개 두부 약간 (n...X) 브로콜리 2조각 오렌지 반개	7:00 고구마 小 2개 두유 1병
12:40 현미밥	12:00 콩나물두부국

담백한 점심.

	두유
2:40 현미밥 버섯볶음 메고추 계란찜	12:00 콩나물두부국 삶은계란 1개 현미밥 감자당근볶음 시금치
12:15장	7:15

채소, 단백질, 약간의 탄수화물이 첨가된 저녁.

두유

7:10 오렌지 양배추 닭가슴... 방울토...

현미밥 1/2 고구마 小 두부복음	오이 1개 브로콜리 1/3송이 계란 흰자 2개 바나나 1개

우유 1잔

이렇게 먹은 날은 왠지 완벽한 하루를 보낸 느낌이 든다.

무슨 일 있으세요?

응.... 다이어트 한다고 약속 다 쳐냈더니 우울해 죽겠어.

수지 씨는 그런 거 없어?

전 요즘은 일부러 약속 잡는걸요.

띄엄띄엄….

저기 보이는 전봇대 까지만….

다음 전봇대 까지만….

다음 전봇대 까지만….

…라는 마라톤 선수의 다짐처럼.

며칠만 있으면 친구 만나니까, 그때까진 열심히 하자!!

다음 주엔 엄마 아빠 보러 가니까, 조금 더 날씬해진 모습을 보여 드려야지.

며칠만 있으면 회식이 있으니까, 그때 뚱뚱하게 사진 찍히지 않으려면 지금 열심히 하자.

이번 주엔 옷 사기로 했으니까 그때까지 열심히 하자. 사이즈가 변할 수도 있으니까.

단기적인 목표를 계속 지켜나가다 보면 어느새 도착하게 된다.

맛있는 케이크 카페 갈래, 수지야?

좋아. 다음 주 주말 어때?

어? 오늘은 웬일로 이렇게 많이 먹는담?

싸아아아

괜찮아. 이 정도로 신수지는 금방 살찌지 않을 테니까.

그건 그래. 지방대장님과 꼬마근육님이 어련히 알아서 하시려구.

헤헤...

기념으로 하나만 챙겨야지.

그렇게 다이어트 1년째. 30kg을 감량하는 데 성공.

드디어 60kg 초반대에 들어섰다.

현재 신수지, 163cm/62kg.

꼭 이렇게까지 해야겠니, 참새야?

도저히 엄두가 안 나는데….

무슨 소리야! 엄마!!

어차피 해치워야 할 일이야.

쭈욱

심연의 냉장고 QUEST

크우우우….

먹을 수 없는 음식을 전부 파괴하세요.

딱

딱

딱

딱

딱

윽! 냄새!!

철퍽

철퍽

이 떡은 언제 넣어둔 거야?

재작년?

윽!!

참새 엄마의 정기 건강검진 결과가 나왔다.

고혈압?

비만 때문이야…?
심각한 상황이래?

아니, 아니….
아직 초기단계라
식습관으로 충분히
나아질 수 있대.

그래서 오늘
병원에서
권장하는
식단을
받아왔는데….

네가 요즘
지키는
식단이랑
비슷하더라고.

!

다이어트 식단과
환자의 식단.

두 식단이
비슷한 이유는

둘 다 몸을
건강하게
돌려놓는 것이
목적이기
때문이다.

121

가족들의 식습관을
바꾸려면 우선
냉장고 정리부터
해야 했다.

다이어트를
하면서
느꼈어.

우리의 몸은
먹는 음식으로
결정된다는 거.

그리고
우리가 먹는
음식 대부분은
냉장고에 들어
있다는 거.

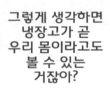

그렇게 생각하면
냉장고가 곧
우리 몸이라고도
볼 수 있는
거잖아?

냉장고 그 자체를
몸속 나라로 생각하자.

깨끗한 나라를
운영하기 위해선
신선한 음식으로만
채워야 한다.

상하고 버려질 음식이라면
애초에 입국을 허락해선
안 된다.

조금만 방심해도
급속하게 슬럼화가
진행된다.

근처에 시장이 없는 참새네 집.

그날그날 싼 채소들이 꼭 하나씩은 있었어.

오늘은 양배추가 싼 것 같아. 저녁에 양배추 쌈 어때, 엄마?

여기 떨이 채소도….

….

50% SALE

라면 기획전 4+1

라면 보지 마! 빵도 안 돼!

하지만 싼데….

현미 쌀도 밥 해먹으면 라면만큼 싸!

안 돼! 안 돼!

자자, 눈이 살찐다니까.

눈에 살찌는 게 뭐야.

저쪽에 두부랑 우유는 유통기한 짧은 거 반값세일 하니까, 저기도 가보고.

그날그날 전단지에 싼 것들도 확인해서….

마트에서 나름의 노하우를 익힌 참새.

….

??

네가 나보다 더 주부 같네.

뭐어?

123

아무거나 대충 먹고, 꾸미지도 않더니….

언제 이렇게 예뻐졌을까…?

옛날엔 엄마랑 같이 마트 나오는 거 싫어했었지.

모녀가 같이 뚱뚱하다고 사람들이 수군거렸으니,

엄마도 다 알아. 왜 모르겠어.

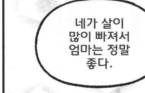

네가 살이 많이 빠져서 엄마는 정말 좋다.

엄마도 노력할게.

체중이 내려가야 건강해지는 게 아니다.

건강해질수록 자신에게
맞는 체중으로 돌아오는 것이다.

안녕하세요.
관장님!

안녕하세요.

일주일에 두 번은
관장과의 PT 때문에
꼬박꼬박 출석하는 부장.

헬스 말고 다른 운동들을
여러 가지 하고 있거든요.

등산이랑, 배드민턴이랑….

오, 정말
훌륭해요.
그래서
혈색이 더
좋아졌군요.

자주 나오시진 않는데,
더 건강해지신 거 같아요.

그… 그리고… 저기….

굵적 굵적

관장님한테 제일 먼저 말씀드리는 건데….

저, 곧 결혼합니다.

오, 정말요?!

축하의 의미로 5kg 올리겠습니다.

네온비 관장. 30대 중반 (남) 솔로.

부들 부들 부들

끄으읍!!!

자, 30초 휴식하시고요.

헥 헥 헥 헥

그런데 관장님. 그런 말도 있더라고요.

이렇게 열심히 운동해서 수명이 늘어나면, 운동으로 늘어난 시간만큼만 더 살게 된다고.

그럼 결국 같은 거 아닌가요?

....

....

인생을
자동차 여행으로
생각해 봅시다.

같은 시간을
여행한다면….

당연히 좋은 차를 고르고
싶으시겠죠?

....

빠르고 안전하고
멋있는 차를 살 수도 있고,

멀쩡한 듯 보이다가도
갑자기 급발진 되는
차를 살 수도 있고….

운동을 하는 건
좋은 차를 사는 것과
비슷하다고….

전 그렇게
생각합니다.

하하하

허허허

웃음이
나오는 걸 보니
덤벨이 너무
가볍나 보네요.

으악!!

더
무거운 걸로
해봅시다.

큰헬스장

큰헬스장

127

6. 저렴하면서도 다이어트에 좋은 음식

참새는 집안이 넉넉하지 못해 다이어트에 곤란을 겪습니다. 그렇지만 때깔 좋고 비싼 것만 먹는
것이 능사는 아니죠. 조금이라도 주머니 사정을 넉넉히 하고 싶은 독자와 참새를 위해 저렴하면서도
다이어트에 좋은 음식과 음식재료를 선정해보았습니다. 참고로 연재 당시의 댓글 가운데 모 독자님이
써주신 음식과 많이 겹칩니다. 그러나 저렴한 음식의 종류가 한정된 만큼 어쩔 수 없는 부분이
있습니다. 부디 이해해주시기를 바랍니다.

두부 식품 중에서 가장 양질의 단백질을 가진 음식입니다. 가격대가 다양합니다만, 한 모에 300g
정도 한다는 점을 고려하면 고기와 비교했을 때 아주 저렴합니다. 열량은 100g에 85kcal, 한 모에
255kcal입니다. 생각보다 열량이 많은 편이지만, 탄수화물 함량이 적고 양질의 단백질과 지방이
포함된 열량이므로, 안심하고 드셔도 됩니다.

바나나 양질의 탄수화물을 가졌습니다. 비타민과 무기질도 다양하고요. 사시사철 저렴하다는 점이
최대 장점입니다. 특유의 식감 때문에 빵을 좋아하는 사람에게는 좋은 대용품이 됩니다. 그러나 열량
자체는 1개에(180g) 92kcal 정도로 낮은 편이 아니니, 너무 많이 드시지는 마세요.

냉동 블루베리 〈다이어터 라이트 에디션〉 2권 148쪽에서도 소개되었는데 또다시 등장했습니다.
〈뉴스위크〉에서 세계 건강식품 탑10에 올렸을 정도로 좋은 식품입니다. 열량도 대단히 낮고,
냉동 제품은 1kg에 9,000~12,000원 정도로 저렴합니다. 최근에는 마트에서 쉽게 살 수 있으며,
인터넷에서 사도 됩니다. 맛은 새콤하며 단맛은 다른 과일에 비하면 약간 덜합니다. 딱딱하게 냉동된
상태 그대로 먹기보다는, 꺼내서 약간 녹이면 제맛이 살아납니다. 그러나 완전히 녹으면 즙이 뚝뚝
흐르고 금방 짓무르니 주의하시고요. 말린 블루베리는 설탕에 졸인 것이 대부분이고 가격도 비싼
편입니다.

양배추 샐러드의 대명사인 양상추의 훌륭한 대용품입니다. 영양적인 측면에서는 양상추보다 오히려
우수합니다. 오랫동안 유럽 사람들의 비타민과 섬유질을 책임진 식품이기도 하고요. 계절에 따라
비쌀 때도 있지만, 대체로 저렴하고 양이 압도적으로 많습니다. 보존성이 좋다는 것도 장점이고요.
강판으로 얇게 채 썰면 아삭아삭하게 식감이 좋아지니, 가능하면 얇게 써는 강판을 쓰세요. 얇게 썬
다음에는 잘 씻되, 물을 잘 빼지 않으면 쉽게 상합니다. 손질하지 않은 상태에선 오래 보존되지만,
손질한 상태에선 가능한 한 빨리 먹는 편이 좋습니다. 일본인들은 양배추에 유자 폰즈 소스를 곁들여
먹기를 좋아합니다. 유자 폰즈 소스가 아니더라도, 어떤 드레싱과도 잘 어울리니 좋아하는 것을
선택하세요.

냉동 닭가슴살 냉장 닭가슴살은 100g에 1,200~1,800원가량 합니다. 반면에 냉동 닭가슴살은 100g에 500~1,200원입니다. 엄청난 가격 차이죠. 제대로 조리할 경우, 냉장 고기보다 질이 떨어지지도 않습니다. 냉동 고기가 저렴한 이유는 도축한 직후 바로 급랭하기 때문에 보관이 쉽고 유통이 간단하기 때문입니다. 냉장 고기는 도축 후 바로 소비해야 하기 때문에 유통이 까다롭습니다. 그 차이가 가격에 반영되는 것이고요.

좋은 냉동고기를 고르는 방법은 HACCP(유해요소 집중관리기준) 인증을 보는 것입니다. 이 인증이 있는 상품은 약간 비싸지만 질이 더 좋습니다. 잘 알려진 브랜드 닭고기는 대부분 HACCP 인증이 있으며, 제품의 질도 양호합니다.

냉동 고기를 맛있게 요리하려면 해동이 중요합니다. 가능하면 냉장실에서 3~4일에 걸쳐 천천히 해동하는 것이 좋으며, 이것이 어렵다면 실온에서 해동합니다. 냉동 상태 그대로 조리하면 육즙이 많이 빠지고, 고기가 지나치게 질겨집니다. 한번 녹은 고기는 다시 냉동하지 마세요. 조직이 변해서 맛이 없어집니다.

단점이라면 일반 마트에서 구입하기는 쉽지 않고, 인터넷 마켓을 통해야 한다는 점입니다. 하지만 가격이 워낙 저렴해서 그 정도는 감수할 만합니다. 많은 양을 살수록 저렴해집니다만, 여름에는 해동이 된 채로 배달될 때가 있으니 주의하세요. 해동이 된 채로 배달되면 많은 양을 감당하지 못해 상하는 일이 생기겠죠?

고등어 대표적인 등 푸른 생선입니다. 흔한 생선이라 천대받는 느낌입니다만, 만약 귀한 생선이었다면 바다 고기의 황제로 등극했을 겁니다. 단 자반고등어는 염분이 많으니 피합니다. 철마다 가격이 다르지만, 생물 고등어 한 마리(350g 내외)에 2,500~3,000원 정도로, 육고기에 비해 저렴합니다. 해산물은 손질하기 어렵다는 편견이 있는데, 요즘은 점포에서 다 손질을 해줍니다. 껍질을 아래로 해서 그릴이나 프라이팬에 간단히 구워드세요. 지방 함량이 많은 편입니다만 등 푸른 생선의 위엄으로 불포화 지방산이 가득합니다. 100g에 열량은 182kcal입니다.

오늘은 수지의
다이어트
1주년 되는 날.

드디어 찬희의
다이어트 블로그가
오픈된다…!!

알 거
없네요~.

뭐 좋은 일
있습니까?

퇴근
하겠습니다!

쏴아아아

어,
비오네.

동창회 사건 이후로
사이가 더 돈독해진 둘.

뒤통수를 때리는 것 같아
미안하지만….

나도 언제까지
이렇게 살 순
없잖니. 수지야.

그래도 내가 널
생각해서
얼굴은 가려줬어….

다이어트 사이트에
돈 받고 사진 넘길 수도
있었는데….

난 참
착하단 말이야.

룰룰루~

룰루….

어…?

시… 신수지!
신수지!!

신수지!!
신수지!!

수지야!!
일어나!!

아, 왜요…!!

커, 컴퓨터가
왜 이래!!!

네?
컴퓨터요?

바탕화면이 왜
저렇게 깨끗해진
거냐고…!!

아~ 너무 느려진 것 같아서 포맷했어요.

어차피 선생님 컴퓨터 별로 안 쓰잖아요…?

아…
으아….

으으…!!!!!

선생님?

부들 부들

빠지지

으아
아아
아아
아아
!!!!

으아아아아!!

철벅   철벅

철벅

으아아아아!!

띵동
띵동

이, 이 자식 뭐야…!?

끼으으

끼윽…

끄…

무슨 일입니까?

아, 이 코치. 이놈이 거 참….

…!

아무 말도 안 하고 저러고 있다니까??

어이쿠!

펙!!

쾅

뭡니까!! 나오세요!! 서 코치!!

나와!! 서찬희!!

쾅

쾅

쾅

쾅

쾅

...

자요?

....

신수지 회원님 정말
열심히 하더군요.

전보다 훨씬 예뻐지시고,
요즘은 공복 운동도
빼먹지 않고 나오고….

처음엔 신수지 회원님이
원래부터 의지가 강한
분이라고 생각했는데….

그런 의지를
심어준 사람이
서 코치라고
하더군요.

요즘 GX 수업
내용도 많이
노력하고 있는 게
보이고요.

자신의 방식을
놓치지 않으면서
회원들을 이끌어
가는 모습이
보기 좋네요.

처음엔 그냥 아무 생각 없이 가르치는 줄 알았어요.

몸 좀 된다고 트레이너 일을 쉽게 생각하는 사람들이 많거든요.

이 일도 다양한 지식과 사람에 대한 이해가 필요한 일인데 말이죠.

서 코치, 당신은 좋은 트레이너입니다.

경력이 없다고 사이비 취급한 건 사과드리죠.

…그런 건 이제 아무래도 상관 없어….

망했어. 망했다고.

기껏 칭찬해 주니까 그런 소리밖에 못 합니까?

망하긴 뭐가 망해요? 네?

…미안….

저기…. 서 코치. 갑자기 그러니까 무섭네요. 평소대로 지랄을 하세요. 그게 더 어울리니까.

미안?!

며칠만 여기 있을게. 저스틴….

왜요? 싫습니다! 도대체 왜 그러는 건데요?!

USB에 미리 저장하지 않은 내가 병신이야….

아니, 웹하드에만 올려놨어도….

끄으으…

그러니까, 그런 블로그를 준비했었다고요?

응….

서 코치, 순진한 구석이 있으시군요? 겨우 그런 블로그로 성공이라니.

그런 비포/ 애프터 블로그가 얼마나 많은데요.

하지만, 1년 동안 몸의 변화, 치수, 식이, 운동을 상세히 기록한 블로그는 못 봤단 말이야.

그건 내가 성공할 수 있는 첫 번째 단계였다고.

그리고 그 정도는 복구 가능해요. 저처럼 컴퓨터만 좀 알면.

!!!!!!

물론 해 줄 생각은 없지만.

신수지 회원님 모르게 비밀로 만든 거잖아요?

아… 아니야! 알아!!!

고쳐줘 !!!

아는 사람이 포맷을 해요? 고치지 않겠습니다.

이 자식이 !?

본인에게 직접 허락을 받으면 모를까.

알았어, 그럼 말할게…. 말하면 되잖아? 신수지는 이해해 줄 거야…!

그 말을 어떻게 믿죠?

모두 알게 된
수지.

··· 지금까지
그런 꿍꿍이가
있었던 거예요?

···그러니까···
뭐··· 꼭
그렇다기보다는
····.

그래! 너의
경험담을 바탕으로
다른 비만인 사람들을
구해주고 싶었던 거야···!

사탕발림
입니다.

어디 보자···.

퍽

퍽

퍽 퍽 퍽

···사실

?

얼마 전 티비에서 봤어요. 서바이벌 다이어트 프로그램에서 출연 기회를 얻으려고 길게 줄 서 있는 사람들을…

뽑히지 않은 수많은 사람들에게도 희망을 주고 싶다고….

그 사람들에게 제가 했던 방법을 알려주고 싶다는 생각을 했었어요….

그래! 신수지!! 내 생각이 바로 그거였던 거야!

그냥 자기 야망을 위해서였던 겁니다.

저스틴, 제발 좀 닥쳐 줘…!!

펴

펴

펴

펴

저한테 허락받고 공개하는 거랑 몰래 하는 거랑은 다르잖아요!

그리고 드디어…

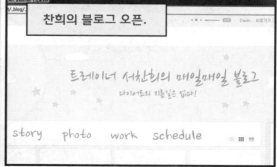

찬희의 블로그 오픈.

트레이너 서찬희의 매일매일 블로그

다이어트의 지름길은 없다!

story   photo   work   schedule

와아아아

잘됐어.

정말 잘됐어 ….

으흐흑 ….

이 나라엔 모두 필요한 존재들이다.

대장님 ….

다행 입니다.

그 꿈대로 되지 않아서.

와 아 아 아

대장님은 잘 해나가실 수 있을 겁니다.

그동안 감사했습니다. 대장님.

부디 행복하십시오.

60.2

꾸준한 공복 운동은 지방 감량에 탁월한 효과가 있었다.

아침 먹으면 60.5나 61쯤 나가겠다.

중학교에 들어가기 전부터 이미 60kg이 넘었던 내가….

진짜 50kg대가 코앞이구나.

표준 몸무게에 점점 가까워진다.

	김미영	최신형 바다이야기. 배당률 최고!
	피트니스센터	다이어트 블로그를 보고 연락 드립니다.
	양동생명	보험 드세요. 보…험…+

…….

참새의 12주 다이어트도 어느덧 9주차로 접어들었다.

오늘의 인바디 결과는 169cm. 74kg.

목표는 67kg.

매일 걸을 것.

서킷 트레이닝과 생활 속 운동.

식사와 운동, 모든 것을 기록할 것.

나트륨과 탄수화물 조절.

참새는 저스틴이 처음 맡아 본 부유하지 않은 회원.

선생님. 무지방 요거트는 살이 안 찔까요?

지방량보다는 탄수화물과 당의 수치를 보고 드세요.

저스틴은 참새가 어디로 가야 할지 알려주는 길잡이였다.

참, 선생님. 요즘 저희 식구들이 전부 식이 조절한다고 했었잖아요.

우리 엄마도 요즘 살이 많이 빠졌어요.

아빠도 최대한 식단을 맞추려고 하긴 하는데요.

회식때문에 힘들어서 고민이라고 ….

참새 회원님. 요즘 말이 많아지신 것 알아요?

네? 아…. 죄송합니다.

아니, 좋은 뜻이에요. 예전엔 항상 경계하는 느낌이었거든요.

예뻐지니까 자신감도 붙은 것 같아요.

오늘은 10분 동안 워밍업 하시고 ….

빡 빡 빡

….

… 서… 선생님.

?

저…. 지금

74kg인데….

만약 60kg대로 들어가면….

소원 하나 들어주시면 안 돼요?

네, 들어 드릴게요.

네?!

뭐…. 뭐든지요?

앙 앙 앙

네, 뭐든지.

제가 맡은 회원이 그걸 계기로 열심히 한다면 저도 못할 게 없죠.

방긋 방긋

네!

신수지 회원님한테 실컷 맞은 데는 괜찮으세요?

이, 이 자식 조용히 못 해?!

뭐…
어쨌든.

요즘, 송참새
회원을 보며
느끼는 게 많아.

…너도

좋은
트레이너야.
저스틴.

너무 당연한
말이라서
감흥이 없군요.

이놈이
칭찬을
해도….

굳이 서 코치를
이기려고 참새 회원님을
맡은 건 아니에요.

그냥 보여주고
싶었던 겁니다.

엄격한
식단조절을 통한
빠른 다이어트도
나쁘게만 생각하지
않았으면 해서.

그걸 할 수 있는
사람부터가
흔치 않거든요.

자전거를 못 탄다고?

내가 잡아줄게. 탈 수 있을 때까지 잡아주면 되지?

넘어졌어? 바보야! 일어나!

울지마! 다들 넘어지는 거야.

좋아.

좋아.

그렇게 가는 거야.

어어? 이렇게 빨리 가면 잡고 있기가 힘들어!

선생님!

응?

난 오늘 이 집에서
나갈 거야.

다른 헬스장에서
좋은 조건으로
트레이너 제의가
들어왔거든.

그 근방
고시원이라도
알아보려고.

관장님께도,
저스틴이랑도
상의했어.

다이어트의 목표는
건강한 생활습관을
유지해 가는 거야.

혼자서.

이제부턴
그동안 배웠던
운동들을
네 체력에 맞게
해주면 돼.

운동 수첩은
두고 갈게.

아 ….

그래요 ….

뭘 멍하니
서 있어?

공복 운동
가야지.

아아,
네.

선생님!!

하아, 하아!!

헉….

헉헉.

헉….

야, 너 회사 지각이야!

기다려요…!

가… 가기 전에…. 이거….

보여 드리고 싶은 게 있어서요…!

···
신수지.

넌 최고의
다이어터야.

운동을 멈추지 마····.

몽땅 사라졌어!!

내가 깨알같이 모아뒀던 그 많은 쿠폰들!

버렸다.

'하겠지만..' 이 아니야!

노력 '하는' 거다.

철꿈

지갑에 현금들은 네 통장에 다시 저축해두겠어.

토하면 식도랑 위랑.. 엄청 상하겠지..?

아...... 한심하다 정말.....

펑 펑 펑

위산이 역류하면서 토하는 기분이 세상에서 제일 싫은데.....

'운동 가야 되는데….'

'많이 먹었어요. 어떡하죠?'

'운동하기 싫은데 어떡하죠?'

왜 하는 거지. 이 말을?

어떡하긴 뭘 어떡해. 많이 먹었으면 살이 찔 것이고 운동하기 싫으면 운동을 못하겠지.

수지야. 너는 내 첫 번째 회원이지만, 나는 너만 가르치고 끝이 아니야!

난 좋은 트레이너가 되고 싶다.

앞으로 가르칠 더 많은 뚱뚱한 사람, 아픈 사람, 노인, 어린이….

모두에게 건강한 몸을 만들어 주는 그런 사람이 되고 싶단 말이야.

이 운동도 익숙해져서 내 것으로 만들어야만 나중에 선생님이 없어도 혼자 할 수 있어…….

탁

탁 탁 탁

첫 월급을 타면 원래 부모님한테 내복 같은 거 선물한다면서.

난 부모님이 없으니까.

하하하하.
그게 뭐야.

낄낄.

?

뭐지?

셀룰 님이야.

산속 깊은 곳에서
고행하고 있다는
소문은 들었어.

이렇게 직접
눈으로 확인한 건
처음이지만…

우리가 너무
깊게 들어온 것
같다. 돌아가자고.

그, 그래…!

아~~~!!!

수지 씨, 왜 그래?

어제 회식 때 좀 정줄놓고 먹었더니…. 오늘 아침에 58kg 나가더라고요. 어제보다 1kg 늘었어요.

에이, 금방 빠지겠지. 수지 씨는 다이어트의 달인이잖아?

달인은요. 그냥 꾸준히 하는 거죠, 뭐. 그러는 대리님도 많이 빠지셨으면서.

흠…. 1개월에 2kg 정도면 나름 괜찮지?

그보다 수지 씨! 이번 주말에 소개팅 어때? 내가 아는 동생 중에 괜찮은 사람이 있는데….

생각 있어?

소개팅….

아뇨, 당분간은 계속 이대로 지내고 싶어요.

그래? 아쉽다~. 외롭진 않아?

신수지.

여전히 조금씩 뺐다가 쪘다가 하며
꾸준히 노력 중.

빨리 60kg대 찍어야 하는데…!

3kg만 빼면 되는데….

곧 도달하게 될 거야! 너무 조급해 하지 마~.

60kg대 되면…. 저스틴 선생님이 소원 들어준다고 했단 말이에요…!

와~ 진짜?

소원이 뭔데?

…

…

좋아하는 구나.

근데, 저스틴 선생님 되게 인기 많던데 ….

선생님! 선생님!

하하하

밥 사드릴까요?

주말에 뭐하세요?

알아요, 저도.

움찔

칫.

이따 운동 같이 가요.

그래!

송참새 회원님. 오늘은 몇kg~?

왜요.

나 소원 들어주고 싶은데.

으으….

선생님, 대체 왜 이렇게 멋진 건데요…?!

이놈의 살!! 빠져라!!

얘앵 얘앵 얘앵 얘앵 얘앵

빠져버리라고!

끄아 아아아 !!!

송참새.

근성 있는 다이어터. 목표는 아직 이루지 못했지만 점점 가까워짐.

수지를 떠났던
찬희는….

….

일주일 만에 다시
돌아왔다.

KEUN HEALTH

미치겠네….

왜 자꾸
양말이
사라지는
거야?

투덜
투덜

양심적으로
헬스장 양말은
좀 가져가지
맙시다.

옮긴 헬스장
분위기가
자기랑 맞지
않았다고
했다.

후….

꼭 우리 집으로
와야겠냐?

네놈이 오면
서재를 치워야
된다고….

아, 차별 아닙니까?
저스틴은 되고
왜 전 안 돼요?

꼬우면
고시원으로
꺼져.

신수지 집에서 살다가
고시원에서 못살겠어요.

제가 얼마나
멋있게 때려치우고
나왔는지 아세요?

시끌
시끌

다시 돌아가기
쪽팔린다고요!

돈 모일
때까지만
좀…!

관장네 집에 얹혀 살게 된 찬희.

출출해….

부스럭

어?

CEREAL

뭐하냐?

출출해서요.

나도 줘.

싫습니다.

제가 산 거예요.

CEREAL

나도…!

나도 먹을 거야!

턱

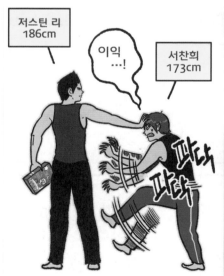

저스틴 리 186cm

이익 …!

서찬희 173cm

파닥
파닥

솔

와르르르

뭐야.

!

아니, 서찬희!! 너 이놈이 또…!

가!! 당장 고시원으로 꺼져버리라고!

아, 아니에요! 저 아니에요!

넌 항상 아니라고 하잖아!

저 자식이 쏟은 거예요!

그래요, 관장님···.

제가 그랬습니다.

····.

이 코치의 반만 닮아봐라!!

아이고! 억울해서 못 살겠네!!

찬희의 야망은 얼추 이루어졌다.

<1> 유명 블로거.

방문자 수가 매일 늘고 있네.

친절하게 답변해 줘야지.

탁탁

절반의 성공.

<2> 인기 트레이너.

큰 헬스장에서는 나름 인기 트레이너.

서 코치!! 정수기 물이 떨어졌어!!

아, 왜 이런 일엔 저만 찾아요.

이 코치, 이것 좀 드셔볼라우?

아하하하. 괜찮습니다.

····.

호호호호!

<3> 네온비 관장 청소시키기.

왔니?

네.

오늘은 창문과 창틀 청소 하는 날이야.

자, 손걸레는 여기. 집에서 삶아 왔다.

…………

에잇!!!! 진짜 못 해먹겠네!!!

?!

드디어 폭발한 서찬희!

청소는 이제 관장님도 하세요!

아니면 청소하는 사람을 늘리시든가!!

제가 잡부예요? 정식 트레이너 라구요!!

…….

그렇군!

왜 그 생각을 못했을까?

내가 네 옛날 모습만 생각하고 청소를 시켰구나. 정식 트레이너라는 걸 깜박했다.

그래, 번갈아 하자. 그게 뭐 대단한 거라고.

ㅋㅋㅋ미안.
자, 여기부터
하면 되지?

이… 이게 아냐….
이 느낌이 아니야….

즐거운
청소~♪

우으으으

<4> 건물 주인이 되는 것.

서 코치, 내가
서 코치를 특별히
아끼는 거 알지.

뻥튀기
아줌마,
건물 주인.

정수기 물
갈아 드려요?

아니.
건물 관리 겸
알바 해볼래?

오전반 코치
한 명 더 모집
중이잖아.
그 시간에 하면
되는 거야.
돈도 많이 줄게!

건물
관리?!

돈도 많이 ?!

네! 할게요.
당연히 하다마다요!
이 건물을 관리하려면
뭘 하면 되나요?!

응, 청소.

그동안 5층만
청소하면 됐었는데
이제 서찬희는
1~5층을 모두
청소하게 됐다.

크흑…!

팍팍팍

껌 떼는 중

<5> 서적 출간.

하루에 삶은 달걀 3개, 토마토 2개 어때요?

운동 매일 한 6시간씩 하면 빨리 빠지겠죠?

근력 운동하면 우락부락해 지잖아요?

같은 대답을 되풀이하는데 지친 찬희는

자신의 노하우와 기본 다이어트 상식을 타이핑, 인쇄해서 스템플러로 묶었다.

서찬희의 다이어트 제로

이거 읽고 나서도 궁금한 게 있으면 물어보세요.

<6> 인터뷰, 찬닭.

찬닭이란 이름은 다른 인기 탤런트가 먼저 선수를 쳤다.

박찬희의 찬닭!!

CHAN DAK

으악!! 내가 먼저 생각한 브랜드인데!

나쁜 자식.

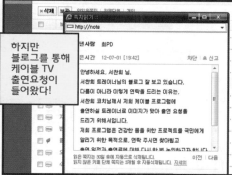

하지만 블로그를 통해 케이블 TV 출연요청이 들어왔다!

✕삭제　보관　아이유유딩지　카페단체　개인

쪽지읽기　http://note

보낸 사람　최PD　　　차단 ⊗신고

받은시간　12-07-01 [19:42]

안녕하세요. 서찬희 님.

서찬희 트레이너님의 블로그 잘 보고 있습니다.

다름이 아니라 이렇게 연락 드리는 이유는.

서찬희 코치님께서 저희 케이블 프로그램에

출연하실 트레이너로 이미지가 맞아 출연 요청을

드리기 위해서입니다.

저희 프로그램은 건강한 몸을 위한 프로젝트를 국민에게

알리기 위한 목적으로, 연락 주시면 찾아뵙고

읽은 쪽지는 30일 후에 자동으로 삭제됩니다.　　이전 | 다음
읽지 않은 카페 단체 쪽지는 3개월 후 자동삭제됩니다. 자세히

헬스장으로 찾아 온 방송 스탭들.

안녕하세요. 제가 서찬희 입니다.

후후후.

뒤에 저 분도 코치인가요?

예? 아….
저… 정식 코치
아니에요.

알바생이에요.
금방 꺼질 놈이죠.
신경 쓰지 마세요.

저… 저기.

속닥 속닥
속닥

두 분이
같이 출연하면
어떠세요?

멋진 복근을 쉽게
가질 수 있는 기회!

배에
두르기만
하세요!!

나머지는
기계가
다 알아서
합니다!!

땀이 뻘뻘
나는 게
보이시죠??

주문전화가
폭주하여
상담원 연결이
어렵습니다!

자동주문을
이용해
주세요!

즐거운
피서의
필수품!

복부
비만이여.
이제 안녕!

이거 찍으려고 저까지 끌고 온 겁니까?

더 이상 못하겠습니다! 배도 아프고!!

철썩

야, 니가 가버리면 나도 못 찍는단 말이야!

이런 거 찍는다고 달라지는 거 없어요!

오히려 이미지만 안 좋아진다구요!!

어차피 넌 마스크도 썼으면서 뭘그래?

난 출연료 받아서 적금 부을거야!

시끌 시끌

대기실

5분 남았습니다.

촬영 준비해 주세요.

한편, 부장은….

건강한 통통맨 유지 중.

자, 청첩장입니다. 청첩장이에요~!

아줌마도 받아요.

김 부장 ♥ 운 수

Wedding in

오~. 결혼하슈?

난 축의금 많이 내야겠네요? 절친이니까!

풋…. 절친은 무슨. 시간 나면 오기나 해요. 음식은 괜찮으니까!

뻥튀기 아줌마는 1년 전이나 지금이나 변화없음.

GX 수업 때 짝꿍이었으면 절친이지 뭐?

쉿! 행여나 결혼식 때 그런 얘기 하지 마요.

우리 숙이 씨 질투가 심해서….

딴 딴따딴~♬

신랑과 신부는
서로를 아끼고
사랑하며…

오래오래
행복한 가정을
이루기 위해

늘 건강하시길
바랍니다…!

우와

그득 그득

냠 냠
냠 냠

으으…!
맛있다!

역시
먹는 기쁨은
포기하기
힘들어~~!!

저녁에 조금 더 운동하자…!

ㅡㅇㅇ…

으흠?

?

으악!!

왜 그래?? 무슨 일이야?! 응??

정신 차려!!

아…. 미안해, 나도 모르게.

내가 왜 그랬지?

어휴, 누가 보기 전에 빨리 치우자.

힘들게 되찾은 수지나라의 평화.

하지만 우리는 잊지 말아야 한다.

지방의 숫자는 줄어들지 않았다는 사실을.

단지
작아졌을 뿐.

수지사 박물관

이 코너는
부장 결혼식 뷔페
기념주화죠.

그날 하루
약 30여 개가
생산되었습니다.

화폐로서의
가치는 없지만….

건강한 식습관을
꾸준히 지켜야 하는
이유는,

그들은 언제든
예전의 크기로
돌아갈 준비를
하고 있기 때문이다.

많은 사람이
조급함 때문에
다이어트에 실패하고
몸을 망치지만….

낙심할 필요는
없다.

누구든지
살아만 있다면

현재에 충실하며
노력할 수 있는
기회가 있으니까.

★〈다이어터〉마침

귀여운 〈수지나라〉는 어떻게 만들어졌을까?
콘티 엿보기!

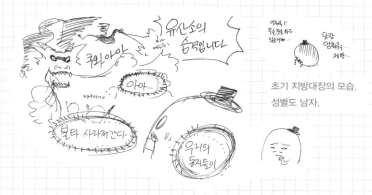

초기 지방대장의 모습.
성별도 남자.

몸속 나라 설정 1안: 연재분과 가장 비슷한 느낌.
초반 지방대장의 모습은 본문 속 아몬드 지방의 모습과 비슷했습니다.

몸속 나라 설정 2안: 지방들은 대머리 마피아,
갱스터, 조폭의 느낌. 그리고 그에 맞서는 근육들은
혁명이 느낌으로. (안고 있는 아이는 꼬마근육)
그리다 보니 주간 연재로 도저히 표현할 시간이 없고,
쓸데없이 진지해질 것 같아서 보류했습니다.

몸속 나라 설정 3안: 지방이고 근육이고 모두 〈수지〉로.
그려보니 왠지 이건 아니라는 생각에 보류했습니다.
결국 1안을 좀 더 다듬어서 가기로 결정.
하지만 몸속 신수지의 모습은 아까워서
"지방대장"의 모습으로 재탄생되었습니다.

1

[많은 사람이 조급함 때문에 다이어트에 실패하고 몸을 망치지만...]

야외에서 달리는 수지의 옆모습 ~
반팔 반바지 트레이닝 복 차림이다
수지의 옆모습이 클로즈업 된다.

[낙심할 필요는 없다.]

수지의 달리는 전신 컷 뒷모습과 함께 나레이션.

[누구든지 살아만 있다면]
[현재에 충실하며 노력할 수 있는 기회가 있으니까.]_

5월 말,
다이어터 시나리오
완성.

2

7월 초,
다이어터 마지막화
완성.

기분이 이상하다….

기분이 이상해….

안녕, 다이어터….

3

관련 키워드를 자주 검색해서
나온 리뷰나 감상글을 읽어 보는 온비와

그렇지 않은 캐러멜.

...난 닉네임
잘못 지은 것
같아.

일단 먹는 게
같이 검색되고….

내 닉네임을
정확히 쓴 글을
찾기가 어려워.

<캐러멜>
<카라멜> <캬라맬>
<캬라멜> <캐러맬>
<카레멜> <캐러멀>

캐작가의
닉네임은

정확히

**캐,러,멜
입니다!**

캐러멜!

이래서
닉네임이나
만화 제목 짓기는
중요하답니당

3권 표지를
한참 고민할 무렵

이것도 별로
저것도 별로

으으….

한 줄기 빛 같던 한 독자분의 메일

네온비 작가님.
학교에서 광고 디자인하라고 해서
다이어터 3권이 나온다는 가정하에
표지를 그려 보았습니다. 대장금 버전이고
수지가 들고 있는 것은 신선로 그릇입니다.

이것 보세요!
대장금
어때요?

좋아요!

좋아요!

담당자A

담당자L

좋아!

고마
워요

그 독자분께는
감사의 뜻으로
캐러멜 스튜디오의
모든 단행본을
사인해서 보내주기로
했다.

감사
해요

다시 한 번
감사합니다.

※〈다이어터〉오리지널 에디션 3권 표지입니다.

Index

[부록]

심리를 이용한 다이어트 방법 下 12
몸무게보다는 체지방과 근육량이 더 중요하다 46
생리와 운동하기 좋은 때 47
비만과 생리불순 47
비만과 암의 관계 75
저렴하면서도 다이어트에 좋은 음식 128

[본문]

느린 다이어트와 빠른 다이어트의 차이 24
서킷 트레이닝 26
다이어터의 진정한 의미 35
엎드려 팔 밀어 엉덩이 들기 43
볼 들고 제자리 뛰기 43
매달리기 44
칼로리 계산법의 방법론 57
스쿼트 + 발차기 62
버피테스트 62
비만과 염증 그리고 암 69
다이어트가 실패하는 원인 85
등 대고 스쿼트 114

다이어터 라이트 에디션 6

초판 1쇄 2020년 6월 29일

지은이 캐러멜 · 네온비

발행인 이상언
제작총괄 이정아
편집장 손혜린
책임편집 유효주

기획 이용환
표지 디자인 ALL designgroup
본문 디자인 변바희, 김미연, 이지은
마케팅 김주희, 김다은

발행처 중앙일보플러스(주)
주소 (04517) 서울시 중구 통일로 86 바비엥3 4층
등록 2008년 1월 25일 제2014-000178호
판매 1588-0950
제작 (02)6416-3922
홈페이지 jbooks.joins.com
네이버 포스트 post.naver.com/joongangbooks

한 손에 잡히는,

다이어터
L I G H T

궁극의 다이어트 웹툰, <다이어터>가 돌아왔다.

초보 다이어터들을 위한 상식과 재미는 그대로,
더 작고, 가볍게 즐기는 라이트 에디션 전격 출간!

가방에 쏙!

전 6권 | 각 권 8,000원

* 라이트 에디션은 오리지널 에디션의 분권 버전입니다. 라이트 에디션 1, 2권은 오리지널 에디션 1권에 해당합니다.
* 라이트 에디션과 오리지널 에디션의 내용은 거의 동일합니다.

평생 소장하는, 다이어터

2천만 다음 웹툰 독자가 선택한 그 작품!
웹툰의 재미와 감동을 완벽 구현했다.
소장하기 좋은 오리지널 에디션.

전 3권 | 각 권 12,000원

중앙books